第七章　夜行者独语：暮远杂文对政治文明的追索　127

第一节　真的历史：民主政治和法制建设　129
第二节　观化听风：教化为先和务在举贤　131
第三节　文明成长：解放思想与人的素质　135

第八章　笔落青山湿：朱世忠杂文随笔的绝唱　143

第一节　深衷浅貌：道义担当和思想批判　144
第二节　哀感顽艳：深情厚谊的乡土杂感　148
第三节　宛曲深致：审美批评的个体追求　152
第四节　秋山人远：内心自我的拷问反思　157

第九章　不敢做青天：维护公安正义立场的马河杂文　165

第一节　君子怀刑：警界英才的铮铮傲骨　167
第二节　叩问书生：楷墨房的敏锐和忧患　170
第三节　江边潮平：归于现实的文本意义　172

第十章　荒原有绿洲：王涂鸦、季栋梁、巴图等的杂文创作　177

第一节　杂文之声：副刊编辑王涂鸦与专栏写作　178
第二节　人生五味：季栋梁杂文的声、色、味　183
第三节　革命记忆：巴图杂文的文化思考和回归意识　187

第十一章　横笔舞东风：闵生裕和陈志扬的杂文　197

第一节　拒绝庄严：闵生裕杂文的浮生三侃　198
第二节　一根稻草：陈志扬杂文的掷地有声　206

第十二章　塞外五十弦：新生代杂文作家的成长　215

第一节　木已成林：青年杂文家创作日趋成熟　216
第二节　女有所思：女性杂文作者的探索尝试　222

结　语　旷野上的呐喊　229

主要参考文献　233

跋　236

宁夏不一定是"中国杂文的第三高地",但宁夏肯定是中国杂文的一方热土。

——引　子

# 引　子　第三极

现代杂文是从近代报章之文发展演变而来的散文文体。"五四"时期，人们曾经试图依靠知识与知识分子自身的力量，通过思想启蒙唤起国人的自觉，自下而上进行中国社会的变革，在这一过程中应运而生的杂文无疑成为拥有良心、道德的知识分子对社会起监督作用、对民众启蒙教化的重要文体。经历近百年的发展，中国杂文所构筑的社会批评已然成为民主社会的有益因素，焕发着饱满的文学精神，表达着对文明民主、自由和谐的进步诉求。

杂文这一文体古已有之，中国文学史上第一个提出"杂文"概念并把它当作一种独立文体的是南朝（梁）文艺理论家刘勰。他在《文心雕龙·杂文第十四》一章中说："详夫汉来杂文，名号多品，或典、诰、誓、问，或览、略、篇、章，或曲、操、弄、引，或吟、讽、谣、咏。总括其名，并归杂文之区；甄别其义，各入讨论之域。类聚有贯，故不曲述也。"[1] 刘勰在《文心雕龙》里把诗词歌赋以外的其他文体如典诰誓问、吟讽谣咏等统称为"杂文"，他总结前人的杂文创作情况并总括其名为"杂文"，又历述秦汉、魏晋以来出现的三类杂文，即"对问""七发""连珠"，以宋玉的《答楚王问》、枚乘的《七发》、扬雄的《连珠》等为最早的代表作。事实上早在先秦散文兴起之时，杂文就已随之出现。先秦诸子百家的文章实际上就是杂文。后来，"杂文"又有新的发展。唐代韩愈的《杂说》，柳宗元的《桐叶封弟辨》，晚唐皮日休、陆龟蒙、罗隐等的杂文，明代刘基的《卖柑者言》等都是有名的代表作品。杂文不仅源流早，而且地位颇高，诚如班固所说："杂家者流，盖出于议官。兼儒、墨，合名、法，知国体之有此，见王治之无不贯，比其所长也。"

但是，上文说到的古代杂文与现代杂文的概念还是有差别的。从文体本身来说，现代杂文是散文的一种。它是直接而迅速地反映社会事变或

1　戚良德：《文心雕龙校注通译》，上海古籍出版社，2008年12月，第163页。

社会倾向的一种文艺性论文，以短小、活泼、锋利为特点，内容广泛，形式多样，有关社会生活、文化动态以及政治事变的杂感、杂谈、杂论、随笔，都可归入这一类。本书所研究的杂文即指此类。这个定义与西方文艺学标准比较吻合，虽然在西方语系并无专门的词语与杂文对应，他们将其统称为"essay"，包括一切非小说结构的、篇幅不长、有议论色彩的随笔、报道、政论、小品文等，而文学性比较强偏重抒情叙事的一类散文则叫"prose"。本书研究的大体范围是20世纪80年代至今30多年里以宁夏杂文学会为核心的宁夏作家的主要杂文创作及基本发展历史。出于研究的参照需要和尽量全面展现作家创作风貌的主观愿望，或有些篇目本身为夹叙夹议的散文随笔不需要严格界定文体，有个别作家也会附带讨论其叙事抒情类散文或序跋杂记等作品。也就是说，我们采用广义的、宽泛的杂文标准，确立基本的研究范围，不拘泥于文体本身，以尽可能再现研究对象的历史风貌和创作特色。

中国现代杂文从"五四"新文化运动开始，许多革命家、思想家、文学家在"五四"时期开始创作杂文，其中首推鲁迅，他是开创一代杂文新风的大家。鲁迅的杂文创作以1927年为界分成两个时期。1918年至1926年的杂文《坟》《热风》《华盖集》《华盖集续编》等，主要内容是广泛而深刻的社会批评和文化批评，他从进化论出发，以个性主义和人道主义为武器，对带有落后封建意识的社会现象和文化心理进行剖析和批判。1927年到1936年的杂文《而已集》《三闲集》《二心集》《南腔北调集》《伪自由书》《准风月谈》《花边文学》《且介亭杂文》《集外集》等，主要集中于政治批评、社会批评和思想文化战线上的理论建设。鲁迅杂文是中国社会思想和社会生活的艺术记录，是20世纪二三十年代中国的百科全书。

中国现代杂文的另一个活跃时期是20世纪五六十年代。领杂文风气之先的是作家巴人，1957年他出版了杂文集《遵命集》，还有徐懋庸、夏衍、唐弢、叶圣陶等都曾名闻一时。从1961年3月9日至1962年9月2日，曾任《人民日报》总编的邓拓以马南邨为笔名在《北京日报》的副刊《五色土》副刊开辟《燕山夜话》专栏，发表杂文200多篇，1963年结集为《燕山夜话》出版。1961年10月10日，吴南星（吴晗、邓拓、廖沫沙之集体笔名）的《三家村札记》专栏在北京市委的机关刊物《前线》上推出，出现了杂文创作复兴的态势。这一期间的杂文有的放矢地触及社会现实问题，其中《燕山夜话》（五卷）犀利明快、机智幽默，熔思想性、知识性、文学性于一炉，是此一时期难得的收获。

在历经数次运动后，中国现代杂文多是在知识性空间中旁敲侧击，批判性的锋芒和犀利自然不及从前。在20世纪80年代，实事求是、解放思想成为新时期文学复苏与发展的原动力，而"五四"时期形成的人文主义精神、人道主义思想以及西方现代主义思想成为新时期中国文学发展的理论资源。百年间，杂文家们秉承鲁迅杂文的独立批判精神，创造性地发展了中国议论性散文，为现代文学留下真实的时代记录。本书所讨论的宁夏杂文作家群体的活跃与兴盛也恰始于这个年代且当仁不让成为这一进程的主力军，宁夏杂文亦作为宁夏文学不可或缺的重要力量在推动区域民主政治建设、铸造自由人文精神、反思历史文化和民族性格、引导大众认知公共事件、争取公民话语权等诸多方面发挥着重要作用。

从20世纪80年代到21世纪以来的30多年间，宁夏本土作家的创作日益活跃兴盛，在小说、诗歌、散文特别是杂文创作上，都呈现积极的形态，取得了可贵的成就。宁夏作家的创作为此一时期轰轰烈烈的思想解放与改革开放的社会实践进行着文学的论证，宁夏杂文更是风生水起，成绩斐然。宁夏杂文作家来自各行各业，他们善于从时代大潮中撷取题材，从各个角度和层次反映现实生活和历史发展的脚步，时而在史料典籍中涉笔成趣，时而从历史的高度烛隐洞幽，时而就现实问题慷慨陈词。这些杂文紧扣时代脉搏，以审美创造的文学形式，超越了社会政治层面，突入到历史与文化深处，在一定程度上对国人的民间生存和民族性格进行了文化学的思考和探索。正是老中青几代杂文作家的相承共耕，使宁夏杂文呈现出勃勃生机。这些杂文作家多数出生于20世纪50年代前后，伴随新世纪转型和现代化建设，接受了完整的现代教育，艺术个性鲜明，较少传统因袭和历史重负，他们在用文学的手段质询人生、社会、历史的诸种意义时，都表现出杂文意识的自觉。他们注重对生命体验的真实叙写以及由此形成的主体意识强化，这种杂文意识的自觉为宁夏杂文的发展拓开了广阔的生存空间。由生活阅历酿造的批判视野为时代现实所激活，杂文创作成为他们反思历史、批判现实、观照民间、洞察人性幽微并探求人生与社会意义的一种得心应手的方式。这种主观的创作选择促使诸多热爱杂文的宁夏作者共同支撑起当代中国杂文以《杂文报》《杂文月刊》为平台的河北作家群、以《杂文选刊》为平台的吉林作家群之后的第三极——宁夏杂文的兴盛活跃，尽管值得肯定的不一定是整体的创作实力，而是宁夏独特的良性杂文生态。进入21世纪后，宁夏杂文界延续20世纪90年代杂文创作的良好态势，显现出更为活跃和强劲的创作局面。这与宁夏杂文学会一直致力于推动培养本土杂文创作队伍的文化生态环境不无关系。

20世纪80年代以来的宁夏杂文是中国现代杂文的重要组成部分，在中国现代杂文发展与繁荣的过程中，宁夏杂文与宁夏杂文家从来没有缺席。宁夏不是一个文化大省，但是宁夏杂文的活跃形态却处于全国前列。（阮直语）宁夏地处偏远，但正因地处偏远，宁夏的杂文作家更能抗拒诱惑，心存高远，坚守杂文这方阵地，跳出庐山看世相："令人欣喜的是，在宁夏有这样一批坚守文学信仰的人，他们甘于寂寞，耐得住清贫，以殉道般的虔诚，坚守文学的精神高地，用真诚面对文学，以信仰践行文学，用真情的文字耕耘着属于自己的精神家园。"（牛撇捺：《枕边小品·总序》）

宁夏杂文作家群体的兴起与宁夏杂文学会的组织团结不可分割。宁夏杂文学会成立于1992年，张贤亮为名誉会长，吴宣文为会长，牛撇捺、暮远为副会长。2006年杂文学会举行换届改选。现任会长为牛撇捺，副会长为暮远、于小龙、马河、巴图等。1993年宁夏杂文学会组织出版了《宁夏杂文集》，选录43位杂文作者共117篇作品。这是自宁夏回族自治区成立后到1993年宁夏杂文创作30多年的第一次总结展示。之后吴宣文于1993年年底出版个人杂文集《凤城夜话》。

这两本杂文集作为滥觞之作开宁夏杂文先河，引领了宁夏杂文创作的先声。具体而言，宁夏杂文创作肇始于20世纪80年代，随着思想解放的深入，宁夏各报刊开始刊发杂文，宁夏的杂文创作开始升温。《宁夏日报》创办了《社会生活》副刊，为发挥杂文的舆论监督功能，《社会生活》开设了《社会随笔》栏目。《银川晚报》开设了《凤城夜话》栏目，专门刊发杂文。后来，《宁夏法制报》《宁夏公安报》《宁夏煤炭报》相继开设杂文栏目，以牛撇捺、暮远、邢魁学、马河等人的创作为主体，开创了宁夏杂文一个全新的历史时期。1992年宁夏杂文学会成立之后几年，部分杂文家淡出了杂文创作，宁夏杂文也经历了一段相对沉寂的时间，但牛撇捺、暮远、邢魁学、马河等人始终坚持杂文创作。进入21世纪尤其第二任会长牛撇捺上任后，组织团结了一批热衷杂文写作的作家，王涂鸦、朱世忠、巴图、闵生裕、赵炳鑫、闵良、陈志扬、包作军、岳昌鸿等一批新的作者很快脱颖而出，宁夏杂文开始复兴并活跃。《新消息报》《华兴时报》先后开设杂文栏目或专版。《银川晚报》《新消息报》《华兴时报》《现代生活报》分别为牛撇捺、王庆同、邢魁学、马河、朱世忠、季栋梁、闵生裕、朱正安等杂文家开设专栏，包括其他报纸开设的杂文栏目和专版，刊发了大量观点新颖、笔锋犀利、针砭时弊的杂文。宁夏杂文创作呈现了空前繁荣的局面，宁夏杂文家纷纷出版个人杂文集。牛撇捺，1994年起先后出版了《中国人的宰一刀》《拟谏官文化》《半睡半醒》《蒙眼摸象》等十几部杂文集。暮远，1995年起先后出版杂文集《夜行者独语》《告诉我们真的历史》《文明的成长》。马河，1997年起先后出版杂文集《不敢做青天》《指甲里的沙粒》《穿过针眼的骆驼》。邢魁学，2003年起先后出版杂文集《穿越文化戈壁》《坐看云起》等。朱世忠，2005年起先后出版杂文随笔集《秋天开花的梨树》《朝着空气射击》。闵生裕，2003年起先后出版杂文集《拒绝庄严》《都市牧羊》《一个人的批判》《操练自己》等。朱正安，1999以来出版杂文集《反哺集》《反刍集》等。季栋梁，2005年出版散文随笔集《和木头说话》，2008年出版杂文集《左手功名　右手美人》。还有岳昌鸿《风流云散》（2002年），保建国《智者宽容》（2003年），沈华维《自然醒来》（2007年），王涂鸦《满地找牙》（2008年）、《痒痒肉》（2010年）、《找不到北》（2015年），张廷珍《野史的味道》（2008年），谢薇《裙边八卦》（2008年），方圆《一心不乱》（2009年）等。前名誉会长张贤亮除小说创作外，也有杂文随笔作品面世，1996年出版《小说编余》，1997年出版《小说中国》、2008年出版《中国文人的另一种思路》，2013年出版《心安即福地》，2016年出版《繁华的荒凉》等都是非常有影响的杂文随笔集。宁夏大学教授王庆同的《岁月风雨》（1998年）、《话一段》（2008年）、《好了集》（2015年）等也是难得的杂文佳作。

　　宁夏杂文学会先后为学会会员出版了数量可观的作家合集、个人文集和系列丛书，如上文提及的《宁夏杂文集》（1993年），还有《宁夏杂文作品选》（1995年），《美丽的谎言也是谎言》（2007年），《杂文：宁夏十人集》（2007年），《思想的地桩——宁夏杂文新人作品选》（2008年），《女或有所思——宁夏女性杂文作品集》（2010年），《朱世忠文存》（上下卷，2010年），《西北望——第25届全国杂文学会联谊会年会作品选》（2011年），《朱世忠怀念集》（2012年），《2013：宁夏杂文十人集》（2013年），《思志——宁夏杂文20年摭拾》（2015年）等。另外还出版了多套丛书：《二十一世纪宁夏杂文丛书》（2008年，10册），《第三极：二十一世纪宁夏杂文丛书》（2010年，10册），《枕边小品》丛书（2011年，10册），《湖畔随笔》丛书（2012年，9册），《牛撇捺文集》（2012年，8卷）等。

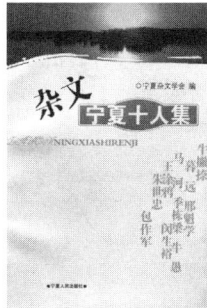

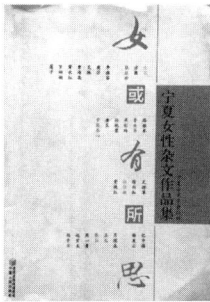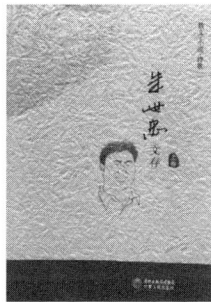

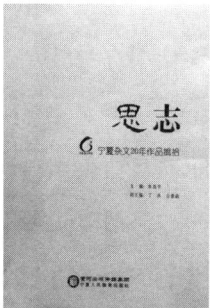

## 宁夏杂文学会文集一览表（1990—2018）

| 书　名 | 编　者 | 出版社 | 出版年月 |
|---|---|---|---|
| 《宁夏杂文集》 | 宁夏杂文学会 | 宁夏人民出版社 | 1993年 |
| 《宁夏杂文作品选》 | 宁夏杂文学会 | 宁夏人民出版社 | 1995年 |
| 《美丽的谎言也是谎言》 | 宁夏杂文学会 | 宁夏人民出版社 | 2007年 |
| 《杂文：宁夏十人集》 | 宁夏杂文学会 | 宁夏人民出版社 | 2007年 |
| 《思想的地桩——<br>宁夏杂文新人作品选》 | 宁夏杂文学会 | 宁夏人民出版社 | 2008年 |
| 《女或有所思——<br>宁夏女性杂文作品集》 | 宁夏杂文学会 | 宁夏人民出版社 | 2010年 |
| 《朱世忠文存》（上下卷） | 宁夏杂文学会 | 宁夏人民出版社 | 2010年 |
| 《西北望——第25届全国杂文学<br>会联谊会年会作品选》 | 主　编：牛撇捺<br>副主编：丁　洪<br>　　　　马　河<br>　　　　白景森 | 宁夏人民教育出版社 | 2011年 |
| 《朱世忠怀念集》 | 杨文琴　编 | 宁夏人民教育出版社 | 2012年 |
| 《2013：宁夏杂文十人集》 | 主　编：朱昌平<br>副主编：白景森<br>　　　　谭立群 | 宁夏人民教育出版社 | 2013年 |
| 《思志——宁夏杂文20年撷拾》 | 主　编：朱昌平<br>副主编：丁　洪<br>　　　　白景森 | 宁夏人民教育出版社 | 2015年 |
| 《思录：<br>杂文之声10年精品选萃》 | 主　编：丁　洪<br>副主编：白景森 | 宁夏人民教育出版社 | 2018年 |

# 宁夏杂文学会丛套书一览表（1990—2018）

| 丛套书名 | 出版社及出版时间 | 图书书名 | |
|---|---|---|---|
| 《二十一世纪宁夏杂文丛书》（10册） | 宁夏人民出版社2008年 | 牛撇捺《针尖上跳舞》<br>马 河《穿过针眼的骆驼》<br>朱世忠《朝着空气射击》<br>季栋梁《左手功名 右手美人》<br>闵生裕《一个人的批判》 | 暮 远《文明的成长》<br>邢魁学《坐看云起》<br>巴 图《以革命的名义》<br>王涂鸦《满地找牙》<br>谢 薇《裙边八卦》 |
| 《第三极：二十一世纪宁夏杂文丛书》（10册） | 宁夏人民出版社2010年 | 牛 愚《扬清集》<br>张不狂《马后炮》<br>刘 民《谁不想活五百年》<br>周 旋《见黑见白》<br>路雅琴《享受苦难》 | 王涂鸦《痒痒肉》<br>晓 阳《思想杂碎》<br>包作军《杯中窥人》<br>马自军《是谁在唱歌》<br>刘福明《搁浅的箴言》 |
| 《枕边小品》（10册） | 宁夏人民教育出版社2011年 | 赵炳鑫《哲学深处的漫步》<br>陈志扬《敲打岁月》<br>闵 良《生而自由》<br>孙艳蓉《真水无香》<br>马自军《狗吃羊》 | 田永安《随风起舞》<br>徐向红《走马看黄花》<br>刘汉立《寂静中飞舞》<br>郭可峻《行走的声音》<br>胡忠林《我是第几者》 |
| 《湖畔随笔》（9册） | 宁夏人民教育出版社2012年 | 赵炳鑫《孤独落地的声音》<br>包作军《你是黄河我是沙》<br>岳昌鸿《尘埃中触动的芬芳》<br>陈志扬《一根稻草的力量》<br>潘国萍《一线生命，多少深长》 | 鲁兴华《为你开门》<br>赵炳庭《怀念一棵树》<br>刘汉立《寂静中聆听》<br>霁月纫秋《温暖的门边》 |
| 《牛撇捺文集》（8卷） | 宁夏人民教育出版社2012年 | 《民族情怀》《中国精神》<br>《意识荒草》《犹抱琵琶》<br>《历史碎片》《倒提笏板》<br>《昨夜西风》《文化尊严》 | |

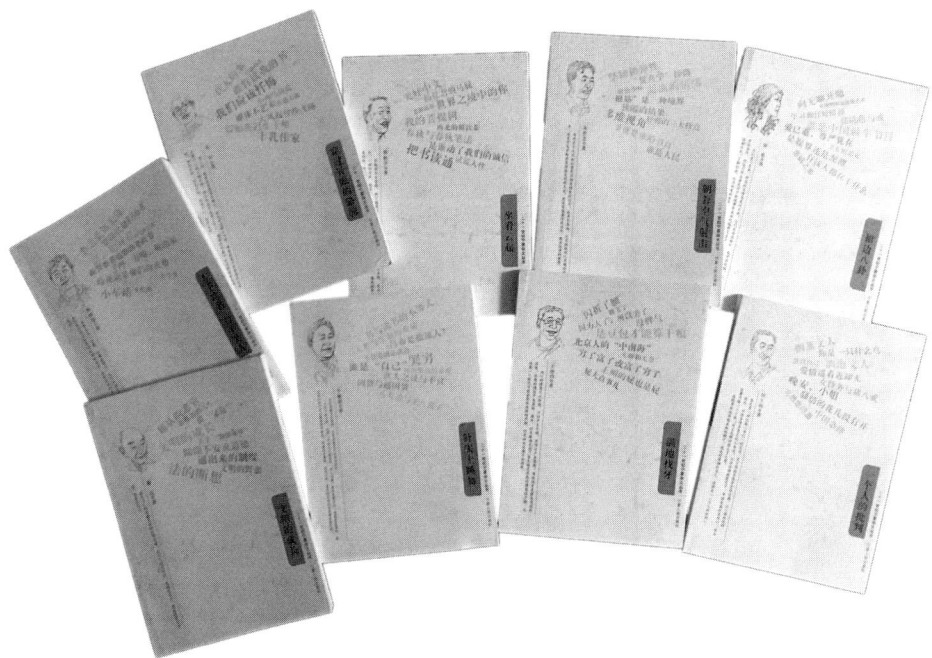

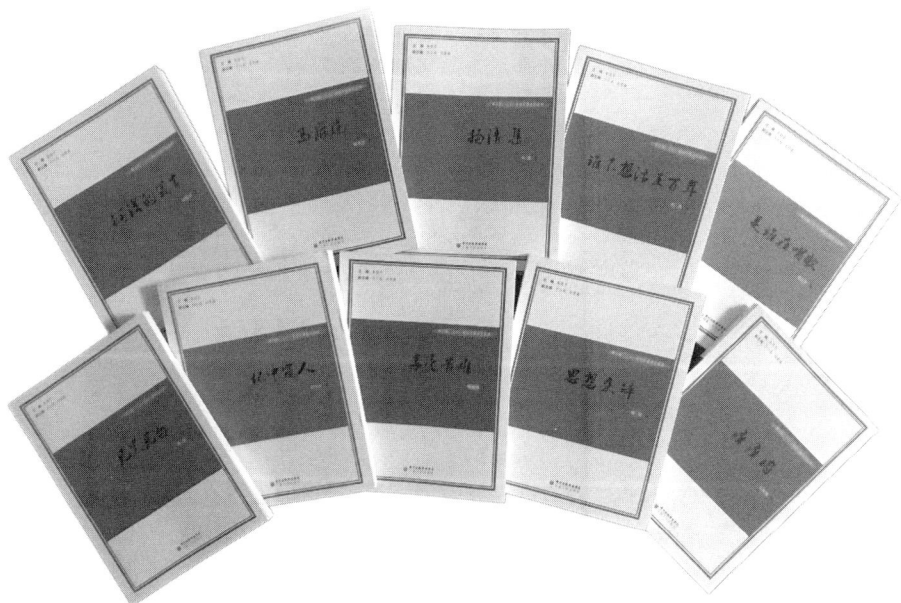

　　除了在各报刊开设杂文专栏专版、出版会员文集，宁夏杂文学会还开办了网站，开展有奖征文、举办杂文作家创作研讨会、杂文作品朗诵会、承办年会及高端杂文论坛等活动，旨在繁荣宁夏的杂文创作。早在1988年，《宁夏日报》就举办了一次全国范围的"枸杞杯"杂文随笔大赛，这在全国的省级党报并不多见。延续这一传统，杂文学会迄今为止已举办了13届杂文大赛，《宁夏日报》《银川晚报》《固原日报》《中卫日报》《固原日报》等多家宁夏媒体先后参与这些杂文大赛，为杂文作品的发表提供了充足的平台。2007年4月7日，"杂文之声·宁夏杂文精品朗读会"在宁夏复朴斋艺术展馆举行，来自全区各地的十几位杂文作家先后登台，朗读杂文作品，交流艺术心得。2011年7月29日，宁夏杂文学会、银川晚报社、新消息报社在宁夏银川承办了"第25届全国杂文学会联谊会年会暨杂文的走向学术研讨会"，来自全国的60余位杂文学会代表、杂文家与会，各自就今后的杂文发展趋势发表意见，该届年会倡议"杂文呼唤五四精神"，并由宁夏杂文学会出版了年会作品选《西北望——第25届全国杂文学会联谊会年会作品选》。宁夏杂文创作和杂文学会活动的活跃不仅是对宁夏作家的鼓励，也是促进当下中国杂文创作的有力推手。2013年5月，宁夏杂文学会推出会刊《西北望》（季刊），至今已刊出3期。这不仅为宁夏杂文作家开辟了发表最新作品的园地，沟通了区内外杂文作家的创作活动，也让全国的杂文创作增加了一个交流的高端平台。2014年11月22日，宁夏杂文学会主办的"杂文名家塞上行·新时期西部杂文创作高端论坛"在银川迎来各方嘉宾。此次活动简洁而高效地讨论了杂文的文体特色，探讨了杂文创作的现实问题。"杂文有道，坐而论道"，会上，牛撇捺会长从全局的角度对宁夏杂文创作作了介绍，在对鄢烈山、阮直等人给予热情肯定的基础上，也对自己和宁夏杂文写作者提出了更高的要求，提出杂文作家要"尽一个匹夫的责任、良心和思考"。在论坛发言中，鄢烈山、阮直、单厚军、狄马、韩晓艳等结合自己的创作经历和创作现状，阐述了对杂文的认识，从不同方面肯定并讨论了宁夏杂文创作的成绩和态势，王岩森、李生滨等学者从知识分子的批判精神，对杂文的现代发生补充了学术依据，也肯定了宁夏杂文创作在一定程度上对宁夏文学创作形成良好文化生态的建构意义。会后，宁夏电视台、《宁夏日报》、《新消息报》、《银川日报》、《银川晚报》、《壹周生活》等媒体对活动进行了专题报道。同时，《杂文报》2014年11月28日第93期总第2689期头版头条刊发《新时期西北杂文创作高端论坛在银川举办》报道了本次活动，并于二版专版刊发《名家齐聚塞上 论道新时期杂文》全面报道了本次高端论坛，其规格之高在《杂文报》创刊以来实属首次；《人民日报·讽刺与幽默》2014年12月5日07版《众生相》专版刊发《新时期西北杂文创作高端论坛举办》《宁夏——中国杂文的"第三高地"》等文报道了本次活动，掀起中国杂文界关注宁夏杂文的高潮。这充分说明宁夏杂文的发展态势已逐步进入全国视野，得到了同行的鼓励和认可。

宁夏杂文创作兴盛，宁夏的杂文批评也并不逊色，尽管声音还较为微弱。早在2003年，宁夏大学王岩森教授曾出版专著《游弋于历史与现实之间》，该书对1978年到2000年中国杂文进行专题研究，其中第五章"1978—2000年杂文创作的个案研究"第五节"牛撇捺：负一份知识分子的责任"，将牛撇捺置于全国杂文创作的背景上批评研究。笔者近年编辑宁夏杂文学会文集数套，多有体悟，陆续发表评论数篇，参见拙

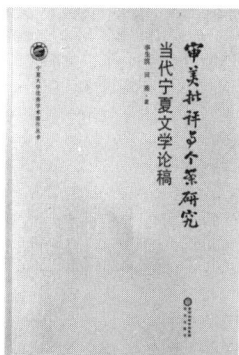

作《旷野上的呐喊——评〈二十一世纪宁夏杂文丛书〉》(《宁夏新闻出版》2010.5),《铁肩担道义 热血著文章——朱世忠创作论》(《朔方》2010.12),《庙堂之上的悲悯和忧患——评牛撇捺〈倒提笏板〉》(《朔方》2011.5-6),《史家情怀、现实批判和学术守望——〈牛撇捺文集〉评介》(《宁夏社会科学》2012.5),《文化思考与回归意识——读巴图〈以革命的名义〉》(《黄河文学》2013.6),《现实批判的文人情怀与文化生态的良性建构——20年来宁夏杂文综论》(《宁夏大学学报》2015.2)等。2010年,杨青萍所作的《问题意识·理性思辨·真诚率性——从〈意识荒草〉看牛撇捺杂文的立场》收入《女或有所思——宁夏女性杂文作品集》。宁夏大学研究生王丹所作的《散论暮远的杂文创作》《简论马河的杂文创作》等文章也是对宁夏杂文作家较为深入的个案批评。2014年,李生滨教授等著述出版的宁夏文学史专著《审美批评与个案研究——当代宁夏文学论稿》中,"杂文研究编"从杂文理论和作家作品创作层面全方位研究宁夏杂文,该编作为一个专门的研究版块和"总论编""小说研究编""诗歌研究编"共同呈现新时期以来宁夏文学的发展风貌。

尤为重要的是,杂文作家们之间也会互相著文评介。如邢魁学评价马河的《好一个〈不敢做青天〉》,荆竹评价牛撇捺的《灵思激活历史——牛撒捺历史随笔集〈借党项人说事〉》，张廷珍的《良知的碎片——杂文家马河及其作品》，牛撒捺的《杂坛黑马邢魁学印象》《暮远其人其文》，马河评介闵生裕的《沙漠边缘崛起的雄性》，赵炳鑫评价闵生裕的《都市"放牧者"的文学情怀》，朱世忠评论牛撒捺《拟谏官文化》的《锤炼后淬火》等。也有作家们结合自身创作对杂文文体本身的有感而发：如马河创作于1996年的《杂文谈》，朱世忠的《杂文应当是美文》等。闵生裕收于《书香醉我》的一系列杂文作家作品评论也略成规模，比如评价马河创作的《谁人"倒提乌纱帽"——我读马河》《荷戟独彷徨——再读马河》，评价牛撒捺著作的《石在，火种是不会绝的——〈冒烟的石头〉读余》《历史河边的垂钓者——读〈借党项人说事〉》，评价邢魁学的《梦与魁星会——邢魁学〈穿越文化戈壁〉摭谈》，评价张廷珍的《她人侍粉脂 我舞笔如刀》，等等。

"宁夏不一定是'中国杂文的第三高地'，但宁夏肯定是中国杂文的一方热土。"（牛撒捺语）正如阮直在"杂文名家塞上行·新时期西部杂文创作高端论坛"上所说："在我掌握的信息中，以杂文学会名义为作者出版的杂文集，宁夏最多；以杂文学会的名义与媒体举办的杂文征文《银川晚报》最多；以杂文的名义团结的杂文作家并举办的各种研讨会、笔会也是宁夏最多，由企业家赞助报纸举办的杂文征文大赛银川最多"，"宁夏杂文如此繁荣是因为宁夏有一大批气象万千、活力四射的杂文家"。得到杂文同行的肯定是宁夏杂文之幸，然而也正是这些杂文创作、图书出版和文艺交流活动乃至学者们对区域杂文从高校的学院研究到民间的自发性评介以及杂文作家们之间的互相评论推介都向社会集中展示了宁夏杂文家的创作实力和宁夏杂文良好的生态面貌，这在全国各省区的杂文组织中都是鲜有的。

是这片黄土地哺育了我，我从辛勤劳作的乡亲、奋发有为的知识分子、负重致远的干部身上汲取了营养，逐渐懂得了如何直面纷繁复杂、并不宽容的生活。

——第一章

# 第一章
## 若只如初见：吴宣文与宁夏杂文的肇始

    经过了20世纪80年代的思想启蒙，因得90年代改革开放、思想解放之机，杂文作家开始有了自由言说的激情和可能。在知识分子内在世界和外部现实都逐渐自由的社会文化生态中，肩负社会责任感的宁夏杂文作家，基于社会良知和人类理性精神，以杂文这种独特的方式，评论人事物理，进行文化批判和人文精神的重构。一批杂文作家以宁夏杂文学会为核心、以或紧密或松散的方式结成一个创作团体，创作出许多体现着当代杂文精神的有影响的作品。20世纪80年代末开始杂文创作的吴宣文承前启后建立了宁夏杂文学会的创作园地，引领了宁夏杂文的创作潮流，也为宁夏杂文事业做出了奠基工作，这使宁夏文坛注入一股新鲜的空气，带给读者宛若初见的惊喜。

吴宣文，1948年生于浙江遂昌，在杭州市长大，高中毕业时逢"上山下乡"，于1965年9月7日以下乡知青身份来到宁夏永宁县插队落户从事生产劳动，后担任生产队长、公社党委书记、永宁县县委书记、中共银川市委副书记，宁夏人民出版社社长。曾参与银川电视台、《银川晚报》筹建，笔名轩文，宁夏杂文学会第一届会长，1993年主编出版《宁夏杂文集》，出版个人文集《凤城夜话》。2006年编纂《心系塞上不了情——杭州知青支宁40周年纪念册》，策划出品的大型歌舞剧《情系宁夏川——杭州知青组歌》2016年3月22日在宁夏大剧院上演。


## 第一节　星火燎原：宁夏杂文学会成立及其第一本杂文集

随着20世纪80年代思想解放的深入，80年代中后期，一批中青年作家开始加盟宁夏杂文创作队伍，他们以开阔的视野、活跃的思维和执着的探索为宁夏杂文注入新的活力和生机。这支杂文队伍结构合理，引人注目，政治上敏锐坚定，创作上锲而不舍，于是，一个团结广大杂文创作爱好者的团体——宁夏杂文学会就呼之欲出了。

其时，张贤亮已经因小说《灵与肉》《绿化树》《男人的一半是女人》《习惯死亡》等小说的发表而蜚声全国，使宁夏逐渐受到中国文学界关注，牛撇捺、暮远、马河、荆竹、王涂鸦等的杂文创作也在区内外有了一定影响。在永宁下乡20年后，吴宣文在80年代初期走上了领导岗位，出于工作需要和个人爱好，也开始陆续创作发表各类作品。90年代初期，时任银川市委副书记的吴宣文已在工作之余发表百余篇杂文、散文、政论等，无论是行政管理方面的才能还是创作方面的成就都不容小觑。吴宣文在1988年即参与筹建《银川晚报》的创办，1988年7月1日创刊时在一版开设《凤城夜话》杂文专栏，他本人和毛弋、王庆同、钱蒙年等常常在这个专栏发表文章。1992年春天，在吴宣文等人的倡议组织下，成立了宁夏杂文学会，以团结鼓励杂文作者。张贤亮为名誉会长，钱蒙年、朱东兀、王庆同、毛弋、戈悟觉等为顾问，吴宣文为会长，牛撒捺为副会长兼秘书长，张涧、暮远、王述民等为副会长，李钊权、陈平、张继业、吕秀斌等为副秘书长，时茂青、张文楹、杨森翔、秦克温等为常务理事，张德泉、征明万等为理事，会员约50人。学会是由宁夏杂文作者组成的学术性群众团体，其宗旨是团结和组织全区杂文作者，坚持以经济建设为核心，秉承实事求是的科学态度，贯彻"百花齐放，百家争鸣"的方针，革故鼎新，激浊扬清，培养杂文作者，繁荣杂文创作，在建设社会主义物质文明、精神文明和政治文明中，发挥杂文的积极作用。

学会成立后，吴宣文即组织会员精心编辑《宁夏杂文集》，经过半年的收集编选，该文集于1993年5月由宁夏人民出版社出版，这是宁夏回族自治区成立以来第一部杂文集。随后于该年年底，吴宣文的个人杂文集《凤城夜话》也由宁夏人民出版社出版，这是宁夏第一本个人杂文集。宁夏杂文学会的成立和这两本杂文集的出版，首开宁夏杂文先声，使宁夏杂文群如星火燎原迅速发展，开创了90年代的第一个杂文高潮。

《宁夏杂文集》选录62位杂文作者共117篇作品，是自宁夏回族自治区成立后到1992年宁夏杂文创作成果的第一次总结展示，促进了会员之间的团结交流和宁夏杂文事业的进一步繁荣。除了发表时间不详的文章外，该文集收入的文章最早的是1986年，集中在1990

年至1992年三年之间。文集由吴宣文任主编，杨红兵、朱昌平任副主编，杨钊、陈平、张一梦任编委，由杂文学会会员自荐作品，编委会精心编选，基本每人限三篇内，并适当考虑社会各阶层人士和年轻作者。时任宁夏回族自治区党委常委、宣传部部长的马启智为文集欣然作序，序言中说道：

> "一个时代的进步总需要一批人的呐喊与助威。从某种意义上讲，杂文正是应时代的呼唤，以其时效性、敏锐性和战斗性为时代的进步呐喊助威。"

> "他们的作品在为改革开放助威，为新思想新意识新观念的传播呐喊，在针砭落后、批判腐朽、引导广大人民群众加快改革开放和现代化建设步伐等方面，都起到了积极作用。把他们多年来的杂文精粹选编成集，我想，一方面，可以作为对改革开放14年来宁夏杂文创作的一次巡礼和总结，另一方面，通过出版、交流，也有助于推动宁夏杂文创作的进一步繁荣发展。"[1]

1 宁夏杂文学会编：《宁夏杂文集》，宁夏人民出版社，1993年5月，第1页。

《宁夏杂文集》的几十位作者有常年笔耕不辍的作家如戈悟觉、钱蒙年、毛弋、王庆同、张涧、时茂青等；有学会的中坚力量，如吴宣文、牛撇捺、荆竹、暮远等；也有许多颇具创作

潜力和艺术才华的青年作家，这些作家有大学教授、中学教师、工程师、检察官，还有普通公务员、工人、士兵，和《银南报》《宁夏日报》《银川晚报》《宁夏青年报》《石嘴山报》《共产党人》、宁夏人民出版社、银川电视台等宁夏各报刊媒体的记者、文艺副刊编辑或总编辑。这些作家、编辑以各大媒体为阵营，在相对宽松自由的社会形势下，以饱满的创作热情、昂扬的精神面貌开创了宁夏杂文初期发展的光荣起点。

## 第二节　凤城夜话：精神文明和观念更新

命名为《凤城夜话》自然是受到《燕山夜话》的鼓舞和影响。这部个人文集是继宁夏杂文学会成立以来出版《宁夏杂文集》后第一本个人杂文集，收入了1988年5月至1993年7月吴宣文在银川市委从事宣传和精神文明工作期间公开发表的116篇文章，大部分文章刊登于《银川晚报》的《凤城夜话》杂文专栏，出版该书时，直接将专栏名做书名。当时在《凤城夜话》专栏上发表杂文的还有王庆同、毛弋、钱蒙年等人。

已是市领导和宁夏杂文学会会长的吴宣文，充分将写作和服务于经济建设的精神文明宣传工作紧密结合，真切体现了一名领导干部在20世纪90年代经济改革浪潮中的求知与探索。文集分三辑，第一辑是杂文，主题为观念更新和精神文明，称为"求新篇"；第二辑是论文、短评，目的在于倡导通过改革的途径，剥除一些表面上风光热烈实际却脱离现实的事物，让实事求是的决策、脚踏实地的行动、实实在在的成效更多，称为"求实篇"；第三辑是随笔、散文、序、跋等，表达了对"真""善""美"理性追求的渴望，称为"求美篇"。文章按发表的时间顺序排列，个别论文因篇幅较长，收入文集时有所删减。

虽然作为政务工作和宣传需要，有些文章是零星的偶感、实录和随想，谈不上文学性和理论性，有单调、平直之感，但求真、求实、求美的真诚文风贯穿了这部朴素的文集始终，正如他在后记中所说：

> "我在故乡浙江生活了十八年，在凤城银川及所辖永宁县却已经工作了整整二十八年，度过了一生中最宝贵的青春年华，这里有我和同事们共同经历、难以忘却的艰辛和欢悦。是这片黄土地哺育了我，我从辛勤劳作的乡亲、奋发有为的知识分子、负重致远的干部身上汲取了营养，逐渐懂得了如何直面纷繁复杂、并不宽容的生活。我乐意将自己的所思、所忧、所喜、所怨告诉我爱的人们。这本集子可以说是一个凤城人心灵的坦露，尽管所坦露的可能有偏颇和谬误。"[1]

1 吴宣文：《凤城夜话》，宁夏人民出版社，1993年12月，第323页。

吴宣文出生成长于经济发达、文明兴盛的江浙地区，在特殊的年代下放到落后闭塞的北方农村与当地人民同吃同住同劳动，努力建设自己的第二故乡。即使后来身为领导干部，百姓疾苦依然使作家感同身受，几十年深入基层深入群众的生活经历也使其从政或创作过程中求真务实，真

正做到从群众中来，到群众中去。很大程度上，来自民间的吴宣文从事写作是为了经济建设工作的需要，几十年来，东西部差距他有切肤体会，领导岗位的职责使他迫切需要宣传精神文明建设的成果，披露阻碍当地生产力发展的落后观念和各种陋习。吹响精神文明的号角，呼吁人民革新观念投入到改革事业中。说实话的求实精神既是他本人工作作风的再现，也是其全部杂文的坚持，而长期置身于民间，又使他充满对这片生活于斯的土地充满永不泯灭的深情，因而他在作品里坚持民间立场，直面底层民众的困难、无奈和麻木，对普通民众的生活和命运给予关注和思考，发出民间的声音，揭示社会底层的问题弊端，彰显了一位作家难能可贵的真诚善良。这样的民间立场和真诚文风在张贤亮、王庆同、牛撇捺等作家那里也非常明显，这与他们各自的经历有关，后文再分别论述。

## 第三节　宣化承流：求新、求实、求美

作为一名从基层成长起来从事精神文明宣传工作的领导干部，吴宣文主观上具有教化民众、传承文明、发展经济、推动改革开放、使一方百姓安居乐业兴旺繁荣的愿望。同为作家且时为宁夏文联主席的张贤亮在《凤城夜话》序言中对吴宣文的创作心境表达了惺惺相惜的理解肯定：

> "十几年来的改革风风雨雨，作家不太好当，官也不太好做；见识了多少世态，勘破了多少人情。当作家的，因为严肃文学失去了'轰动效应'，不免有些冷落感；当官的，由于老百姓的期待值升高，自以为给人民办了许多实事也很难得到市民的赞扬，不免会有些委屈。如今世态的炎凉已不同过去的世态炎凉。在这种

情况下，宣文在当官之暇还要掺和到文学里来当个业余作者，热闹凑不上，委屈就可能加倍。但他仍孜孜不倦，乐此不疲，笔耕不辍，这种精神，就不能不使我有些感佩了，尤其在这个'凤城'。"

"具有悲剧意味的是，这种小城氛围又并非完全是小城领导或小省领导的过错，却是因为发展缓慢而缺乏一种冲刺的力度，又因缺乏冲刺的力度而发展缓慢，以至很少人会深切地感受到人才的可费，觉察到改革的必须。这个怪圈很大程度上便属于地域和历史的因素所形成的了。翻了翻宣文的文章，有不少是发动冲刺，鼓吹改革，对小城的陋习进行批判的。这些我都赞同……"[1]

1 吴宣文：《凤城夜话》，宁夏人民出版社，1993年12月，第3页。

张贤亮对吴宣文"求新、求实、求美"的追求也大加揄扬，其实"求新、求实、求美"是《凤城夜话》主线和灵魂。吴宣文的杂文比较喜欢围绕同一个主题借不同事件从不同角度来充分探讨一个问题，比如就"精神文明"这一话题从"精神文明杂谈之一"到"精神文明杂谈之九"共连续创作九篇文章来说明精神文明的重要性，比如在杂谈之一中，从当时热播的电视剧《渴望》谈起，强调在精神文明建设过程中，必须处理好树立时代精神与弘扬传统美德的关系，强调把民族传统美德同时代精神结合，在社会主义新的经济基础和改革开放新形势下再创造，"从而

1 吴宣文：《凤城夜话》，
宁夏人民出版社，1993年
12月，第2页。

有力抵制那些自私自利、见钱忘义、以权谋私、扯皮内耗、好逸恶劳、愚昧狭隘等消极现象和不正之风，让全社会多一些、更多一些人们所'渴望'的真诚和理解"。[1] 在另外几篇精神文明杂谈中，他呼吁精神文明一靠真理的力量，二靠人格的力量，明确"实行精神文明责任制"是操作性比较强的硬措施，引入竞争制、群众共同参与、强化群众的文明意识是有效推进精神文明建设的关键，号召广大党员干部带头向世俗偏见挑战、抵制陋习形成适应现代生产力发展和社会进步要求的文明、健康、科学的生活方式，认真办使人民群众感到温暖、满意的实事是精神文明建设活动的出发点。

关于观念更新，作者有《一谈观念更新》到《八谈观念更新》八篇文章。吴宣文本身即浙江知青，从富庶发达的南方下放至北方，自然对宁夏的经济人文环境了如指掌，他分析了宁夏因远离海洋的地理环境造成交通、信息阻隔和自给自足的"田园牧歌"式自然经济的历史积淀、手工业的"先天不足"和城市化程度低下的影响，形成了一种超稳定状态的"内陆封闭意识"，其主要特征是：自我封闭，自成一体，守土恋乡，固守一隅，重身份关系不重契约关系，重血缘关系不重经济交换关系，安贫乐道，不求进取，重义轻利，重农轻商，害怕风险，排斥竞争等。基于这样的现实状况，作者强调改革要从"心"做起，这个"心"指的就是思想观念，只有"努力树立市场观念、效益观念、风险观念、竞争观念，只有思想大解放、观念大转变，才能实现经济的大突破"。[1] 接下来作者在其他"几谈"中分别解析了风险观念、效益观念、市场观念等在改革工作中的重要性。在《小议日本人观念转变》中，吴宣文比较了中日两国同为东方大国（当然，中国更多是因为地大物博、人口众多，日本则更多是因为走在世界前列的经济实力和国民的教育文明程度）有着共同的儒教传统，20世纪五六十年代两国国力也相差不多，但如今日本已成为经济强国跃居发达国家之列，其成功的重要原因是"日本人敢于和善于实现传统观念的转变"，作者引用美国哈佛大学教授佛格尔在《日本第一》中的阐述，认为日本人对传统观念的变革主要要体现在：把传统的效忠天皇的精神转变为效忠企业，把传统的武士道精神转变为掌握现代科技的拼搏精神，保留传统文化有广泛吸收世界各民族之长，凝聚成为"合金文化"，因而号召国人"要敢于正视自己思想上的'盲区'，敢于进入前人未曾涉足的'新区'，敢于闯不合时宜的条条框框构筑的'禁区'。只有思想大解放，观念大转变，经济工作才能有大突破"。[2]

吴宣文杂文"求新"求的是观念之革新；"求实"求的是工作作风的实事求是、真抓实干，创作文风的真诚朴实；"求美"求的是城市之美，自然之美，生活之美，人生之美。在《银川文学丛书》的序言《凤凰翔舞自风流》中，作

1 吴宣文：《凤城夜话》，宁夏人民出版社，1993年12月，第51页。

2 吴宣文：《凤城夜话》，宁夏人民出版社，1993年12月，第67页。

者深情赞美了凤城银川的风土人情和颇具浪漫色彩的美好传说，同时不忘警醒从事社会主义文学事业的作家面对万端复杂的多元化结构的现实社会，必须"创造一个安定团结、民主和谐的环境，鼓励不同风格、流派、学派的竞争，提倡科学的实事求是的文学评论。努力提高作家自身的思想认识水平和艺术修养，充分发挥想象力和创造力，使艺术手法愈加新颖，创作个性愈加独特，以创造出无愧于我们伟大时代、无愧于我们伟大祖国的激动人心、出类拔萃的力作来"。[1] 作者也有关于赴各地考察的随感，例如关于湖北沙市的七篇系列报道，关于延安的八篇观感，关于世界屋脊拉萨的五篇纪行，《奔腾的大潮》是南下经济考察印象记，《雪花飘洒的季节》是俄罗斯之行的见闻，这一类文章并非一般的写景抒情的游记，相反还是杂文的写法，都是异地随感，一事一议或者进行东西部比较和中外比较一类杂文的先驱。后来继任吴宣文成为宁夏杂文学会第二任会长的牛撇捺创作的一部分行游杂记与此皆属同一文类。

1  吴宣文：《凤城夜话》，宁夏人民出版社，1993年12月，第207页。

因时代际会而沦落至西北边塞，又在新的时代以自己的创作和文化旅游事业的突出成就而在西部繁荣崛起，孤烟直竖。

——第二章

# 第二章
## 大漠孤烟直：张贤亮杂文随笔的启蒙意识

    在中国现代文学史上，张贤亮是一个响亮的存在。他20世纪80年代以小说名世，90年代后又创作了一部分在全国都产生影响的杂文随笔、创作谈、文艺杂谈，《小说中国》等甫一出版即在文艺界产生了很大反响。张贤亮的一生是与国家与时代的命运紧密关联的一生，其小说成就斐然，杂文随笔则更直接关注人的心灵现实和对历史理念、国家发展、西部未来的哲理思辨，他用自身特有的对生命的执着追求、对命运的顽强抗争和对真理的持续思考，用灵魂、血泪铸就的智慧在中国思想启蒙道路上留下一名知识分子的探索和实践。张贤亮曾给陕西作家石岗题字：大漠孤烟甘寂寞，长河落日自辉煌。颇有几分自己的人生写照：因时代际会而沦落至西北边塞，又在新的时代以自己的创作和文化旅游事业的突出成就而在西部繁荣崛起，孤烟直竖。

张贤亮（1936—2014），国家一级作家、收藏家、企业家。1936年12月生于南京，祖籍江苏盱眙县。在20世纪50年代初读中学时开始文学创作，1955年从北京移居宁夏，在南梁农场插队，先做农民后任教员。1957年在"反右运动"中因在《延河》文学月刊上发表诗歌《大风歌》被划为"右派分子"，押送农场"劳动改造"、管制、监禁长达22年。1979年后得到平反恢复名誉，1980年调入宁夏朔方文学杂志社任编辑，重新开始执笔创作小说、散文、评论、电影剧本，成为中国的重要作家之一。1993年在宁夏银川市郊创办镇北堡西部影视城，担任董事长。短篇小说代表作有《灵与肉》《邢老汉和狗的故事》《肖尔布拉克》《初吻》等，中篇小说《河的子孙》《龙种》《土牢情话》《无法苏醒》《早安朋友》《浪漫的黑袍》《绿化树》等，长篇小说《男人的风格》《男人的一半是女人》《习惯死亡》《我的菩提树》《一亿六》等，杂文随笔作品有《小说编余》（1996年）、《小说中国》（1997年）、《中国文人的另一种思路》（2008年）、《心安即福地》（2013年）、《繁华的荒凉》（2016年）等。立体作品为镇北堡西部影视城、老银川一条街。曾任宁夏回族自治区文联主席，中国作家协会宁夏分会主席等职，并任六届政协全国委员会委员，中国作协主席团委员。

20世纪80年代初，改革开放中的中国进入了前所未有的新时代，中国文学也同样呈现出生机勃勃的繁荣，文学史谓之的新时期文学就此拉开帷幕。身处宁夏并刚刚结束20多年监役与牢狱之苦的张贤亮使这一时期的宁夏文学没有缺席。1980年，改刊不久的《朔方》文学月刊发表了张贤亮的短篇小说《灵与肉》，随即获"全国优秀短篇小说奖"（"鲁迅文学奖"前身），紧接着作品由李准改编、谢晋执导拍摄成电影《牧马人》在全国公映。冯剑华在《西北大地上的文学绿荫》一文中说："当历史一旦结束了它灾难的局面，翻开新的篇章之后，张贤亮便带着心灵的创伤和思想的成熟，令人惊异地出现在广大读者的视线里。"[1] 这些作品甫一发表即获得好评，全国优秀短篇小说奖、《十月》文学奖、《小说月报》百花奖……接连不断。评论家阎纲以《宁夏出了个张贤亮》一文对他的作品给予高度评价。他的作品因其思想和艺术上的独特探索，一次次引起反响，波及世界文坛。曾三次获全国优秀小说奖，多部作品被改编成电影或电视剧，作品被译成30多种文字在世界各国发行。

张贤亮长期生活在底层，西北地区的普通劳动人民给予他的温情和悲悯及其粗犷原始的生活状态化为他作文和为人的基本底色，底层人民的生活情状和作家的内心情感经过提炼升华，行之于文字。无论是80年代久负盛名的中短篇长篇小说还是90年代后的杂文随笔所涉及的题材和思考都具有与时俱进的时代意义和社会风潮。作为一个有资本家出身背景的知识分子，同时又是改革开放的受惠者，他用自己的智慧凝结的文字自觉超越苦难的历程，寻找并试图解答国家和民族的前途和命运，也借此唤起普通公民的思想认知和

1 张贤亮：《一切从人的解放开始》，宁夏人民出版社，2008年5月，第1页。

情感共鸣——作家的反思亦是思想启蒙路径的创作成果。在当下中国的文学格局中，西部文学正在全国确立自己的地位，也正在形成一种独特的意义系统。就西部作家的创作来看，是张贤亮等人奠定了西部文学的崇高地位。就宁夏的文学创作而言，张贤亮毕竟不只是"一棵大树"，同时还是一个极具效应的鼓舞者和带动者，特别是对宁夏青年作家的成长及这个群体的形成，张贤亮功不可没。

## 第一节　满纸荒凉：从磨难到财富之间的距离

个体身处哪一个时代是偶然的，一个时代要发生什么却具有历史的必然，并非每一个人都能承受特殊年代带来的特殊经历，这种经历或者不幸成为人生的磨难，或者有幸被作家转化为优秀的作品而成为精神财富。张贤亮则不仅把个体体验变为精神财富也以西部第一家影视基地的诞生将时代的创伤变成物质财富。坊间说他是中国作家里非常富有的，也是中国企业家里非常会写文章的，不一定绝对恰当，但也在一定程度上反映了事实。从时代机遇、个体磨难到物质财富、精神财富之间，作家在水与火的淬炼中走过几重炼狱和天堂，除了作家内心冷暖自知，再就是他留下的文字了。笔者一直认为，文字是通向作家心灵最直接的通道，即使不是全面反映作家心灵史的全部，也至少相对最真实地再现了独特作家充满了谅解和宽恕的深层记忆。这种记忆，形式可能是小说，可能是诗歌，可能是纪实散文、也可能是杂文随笔，固然，一个如张贤亮这样的优秀作家，几乎在各种文学领域都有所长，只是他的小说盛名久负，遐迩皆知，以至于他的杂文随笔常常被小说的光芒遮掩而评论界鲜有涉及。

中国现代文学以曲折艰难的历程呼唤启蒙意识和人的觉醒，但是在一个世纪政治革命和社会解放的时代进程中，尤其是20世纪中叶到20世纪70年代末30年间历次社会运动形成新的政治规范的过程里，个人主体精神的独立逐步被完全遮蔽，"五四新文化"追求的个性自我和现代民主倡导的博爱自由被禁锢或驱逐。张贤亮作为知识分子精英的代表，完整经历了此一历史时期的种种变故。直到20世纪80年代，可以拾笔自由创作的张贤亮呼应伤痕文学的文艺思潮，创作了大量小说作品，随后也创作了多篇散文随笔，竭力从混乱中寻到秩序建立、人性还原的可能，从负有责任者那里发现可以谅解之处，也会在受损害者本人那里看到弱点和需要反省的"劣根性"。《满纸荒唐言》《悼外公》《父子篇》《我失去了我的报晓鸡》《一切从人的解放开始》等作品再现了特殊年代的苦难记忆和深沉的人生感悟。其中也有对一些中国历史的基本主题如启蒙者命运的思索，既警惕地提防对纯粹精神理念的沉迷，质疑知识分子的精英意识，又流露出对精神信念旗帜一般的留恋。如同《绿化树》对章永璘的描述一样，曲折复杂的生活道路和坎坷命运，被作家书写成一篇篇内心启示录，彰显了人道主义作家高尚的情怀、社会责任感和道德良心。

《满纸荒唐言》阐述了自己将痛苦的人生经验转化成文学创作素材的结果，只是这种"痛苦的结果"与漫长的痛苦的过程相比较，依然是"得不偿失"。作者将自己这一代作家与高尔基、契诃夫主观上把文学当成一种事业而有意识去经历痛苦捕捉众生相以备文学创作相比较，不同的是："我们这一代中年作家，在踏上苦难的历程的同时，就把文学创作置诸脑后了。待痛苦的历程到了头，回顾过去，脑子里只剩下一股惋惜和惆怅而已。"于是他不堪回首地发出内心的呼唤："不要再使作家经历那样的浩劫，不要再用那种方式来培养作家吧。"作家并不一味沉溺于苦痛，相反是在努力发现苦痛岁月中的温情，总要有所依傍才有勇气让心继续跳动："孤独冰凉的心，对那一闪即逝的温情，对那若即若离的同情，对那似晦似明的怜悯，感受却特别敏锐。""长期在底层生活，给我印象最深刻的，就是种种来自劳动人民的温情、同情和怜悯，以及劳动者粗犷的原始的内心美。这就是我因祸所得之福。"在多年以后的文字中，作家更多不是在叙述自身的磨难，而是在发掘磨难中人性美好的一部分，甚至变成了对那些苦难中温情的感恩："我在困苦中得到平凡微贱的劳动者的关怀，一点一滴积累起来，即使我结草衔环也难以回报。""我就暗暗地下定决心，我今后笔下所有的东西都是献给他们的。"[1] 这是一种财富，虽然为之付出的代价太大。在这些自叙传一样的随笔中，作者在西北贫瘠的荒漠地区经受饥饿、疲惫和精神的困顿，细致地展示知识者受难情景和心里矛盾时，通常又展示了作家痛苦身心中难得的心灵救赎：生存和劳动都相当原始的底层劳动者，尤其是一些能干、泼辣而痴情的女性，其坚韧的生命力和灵魂的美，抚慰他濒于崩溃的精神，成为他超越苦难的力量。《我失去了我的报晓鸡》从一句"粪车是我们的报晓鸡"的歌词跨越到上海"老建筑"的保存，"以暴力剥夺别人财富的革命者固然可敬，眼看着自己财富被别人剥夺而不加以毁坏的人也值得赞赏，因为有这样贵族气质的人，人类文明才得以传承下来"。[2] 时过境迁之后，作家坦然地接受了自己的命运，《悼"外公"》一文他感慨

1 张贤亮：《繁华的荒凉》，浙江文艺出版社，2016年6月，第174、176页。

2 张贤亮：《繁华的荒凉》，浙江文艺出版社，2016年6月，第172页。

1 张贤亮:《繁华的荒凉》,
浙江文艺出版社,2016年6
月,第30页。

道:"这既是生命的无情,也是社会的无情。而对这两方面的销蚀和挤压,我们都是无力与之抗争的。"[1]在《心安即福地》中,作家意识到自己和国家的命运其实是一体的,国家纷乱,他被下放,国家兴盛,他也崛起,"仿佛一片永远飘荡在河中间的落叶,从来都没有被榔头推到岸边停顿下。活下来的每一个当时'打击的对象',实际上都是事件的见证者,这是另一种意义上的'树欲静而风不止'。一次次地,历史的行程总违反个人希望过安宁生活的意愿,强行地在我身上刻画下一块块疤痕。"[2]作家的大半生与国家的苦难、国家的改革同呼吸,共命运,作家的生命已经很难与他度过了大半生的这块土地剥离,这块土地成了他的安心福地。

2 张贤亮:《繁华的荒凉》,
浙江文艺出版社,2016年6
月,第79页。

作家真诚地回忆往昔,纪念青春,剖析自我。在这样的创作中,写作完全是出于作家对社会的责任感,他把那22年的艰难岁月和那时中华民族经济接近于崩溃边缘的状态,在小说里、在随笔中表现出来为的就是不让那段岁月再重演。在进入20世纪90年代后,有过特殊经历的作家对自身经历的回顾,逐渐转化为现实成功者的怀旧,对昔日"辉煌"的构造,反思与批判色彩渐渐消失。在这样的潮流中,一些事件和场景通常被放置在叙述的关节处,构成电影场景般的静穆,对受难者及卑微生命的毁灭怀着深切的人文关怀。既在具体场景上也在意义象征上试图揭示其中的时代历史和个体命运的意义。从作家个人角度来说，那十几年里有青春和生命最宝贵的部分，它影响作家一生，也影响到千千万万的中国人，作家用文字尽可能完整地记录了那些经历，读者阅读作品，无论是否有共同的经历，都会对那段历史有新的认识，新的思考，这正是作家创作的使命所在。

## 第二节　人的解放：
### 人才环境的改善与文人的另类思路

在国家开始改革开放走向新时代的历史发展中，经济体制和文化思潮的现代化必然要求文艺思想的启蒙和解放。文艺启蒙的现代性追求就是文艺的自由创作和大众审美教育的革新。无论是"五四"时期鲁迅等强调文艺启蒙和新文化建设的重要性还是20世纪80年代重新接受世界文艺思潮的洗礼而对社会批判和启蒙价值重新反思，中国作家都会从开放的时代汲取新的文化资源。世界文学近代几百年积淀的人文精神仍然滋养着中国作家的内在情怀，20世纪西方文艺思潮也错综复杂影响着中国作家并不成熟的现代启蒙追求。"人性的发现，也就意味着对神的轻视。文艺复兴运动的功绩，在于将它在中世纪主宰人的生活的宗教观念逐步加以剔除，至少让其不具有以前那样的影响力。"[1]西方文艺复兴和宗教改革引发

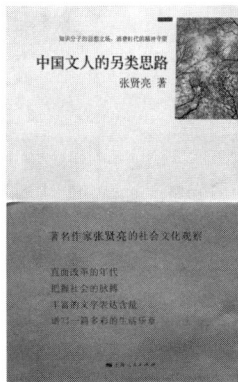

1　王晴佳：《西方的历史观念——从古希腊到现代》，华东师范大学出版社，2001年版，第73页。

了深层的启蒙运动，启蒙运动则强调人的觉醒和人类发展的科学理性和人的自由，进一步推进了民主、科学的思想解放和社会改革，启发人们反对封建专制思想和宗教的精神束缚，提倡思想自由、平等，注重个性精神。中国知识分子的启蒙意识与西方启蒙运动的价值理念一脉相承却又另辟蹊径，生面别开。启蒙意识引领下人文主义精神和人道主义思想是中国知识分子赖以依存的精神家园之一，虽然这一家园在20世纪至今百年间遭受严重的迫害和桎梏，人的主体自由被专制、愚昧一再蒙蔽，唯有时刻保持警醒的知识分子依然在社会规范允许的范围内不遗余力地呐喊，这也正是张贤亮在新世纪初重提《一切从人的解放开始》心理动因。呼唤人性解放的人文价值和人道主义精神，尊重人的主体性和思想的独立性将在20世纪末21世纪初的经济政治转型中引发新的思想启蒙。

张贤亮的杂文随笔义无反顾地融入思想解放的大潮中，对社会、历史、时代的质疑与思考深邃而宽厚，以锐利锋芒面对现代语境。《一切从人的解放开始》创作于2008年，是为纪念中国改革开放30年而作。20世纪70年代末，邓小平倡导的思想解放运动在中国思想文化史上影响深远，整个社会产生前所未有的张力，思想上的解放从人的解放开始。作家借此回忆了自己的半生经历，意欲不加虚构地描述一个荒谬的年代，真实反映那一段历史和几代人的真实感受。在详赡的叙述中，作家也在进行着精神伤痕的自我修复，借一个人的历史，反思国家的历史劫难，反思特殊时代的"身份识别制度"使千千万万中国人在专制的文化生态和思维方式中受到的迫害，也最终构成"贫富分化"的社会问题：

　　"根本问题是贫富之间能否流动，阶层之间能否流动。如果
穷人永远是穷人，富人永远是富人；'草根'不能长成树木，穷人

没有机会、没有可能成为富人，没有平等的
自由竞争机制在富人阶层中将无德无能又无
运的人分化衰落成穷人，那才是大问题。

　　任何社会都分有阶层，良好的社会制度
是能保证阶层之间开放性的制度，是‘每一
个人的商业价值总会得到相当正确的评价’
的制度，是能‘不分阶层，不分出身，不分
·财产，在人民中间挑选优秀人物’进入领导
集团的制度。”[1]

1 张贤亮：《繁华的荒凉》，
浙江文艺出版社，2016年6
月，第202页。

作家坦言在中国作家中，自己是背负“身
份”“成分”担子最沉重的一个，经受的磨难也
最多，所以对“身份识别制度”最敏感，“风起
于青萍之末”，几十年前的思想解放风暴其实起
始于人的解放，人的解放则首先是人权和尊严意
识的觉醒：

　　“珍视生命、人权和自由这些人类基本
的价值观，已经逐渐替代了那些看起来颇为
吸引人而实际上是反科学的空洞理想。人们
需要理想，但必须是符合科学规律的理想。

　　但是，怎样在新的社会形态上重新收拾
已被摧残殆尽的传统文化，吸纳人类社会的
普世价值，建构适合于我们的经济基础的上
层建筑，在全社会营造符合时代潮流的人文
精神，还是一个非常艰巨的任务。”[2]

1 张贤亮：《繁华的荒凉》，
浙江文艺出版社，2016年6
月，第217页。

以冷静的笔触再现特殊时代的荒谬，不忘自我改造，重提人的解放，珍视每一个公民的人权和尊严，恰是张贤亮此类政论随笔的启蒙意义的闪光处。他的杂文随笔直面改革的年代，紧扣社会的脉搏，以丰富的文字表达含量来阐述中国文人由传统到现代的身份转型，这也就意味着，中国文人，可以有多重身份，可以有"另类思路"。在《中国文人的另类思路》《美丽》等文集中，他的文章大体都分为"文人参政""文人经商""文人说文""文人观点"等辑。作为六届政协委员，张贤亮诸多杂文都有参政议政秉笔谏言之功用，为 *THE GUARDIAN* （英国《卫报》）《国际作家》专栏而作的《参与、逃避和超越》一文中，作家直言："任何一个国家的知识分子对他生活于其中的社会政治大致可以分为这三种态度：参与、逃避和超越。"不论是参与、逃避还是超越，"都会有极为高尚的道德信念和文化精神作为自己的心理支柱"。[1]"文人参政"一辑中的大量文章如《参政议政应有一定的前瞻性》《建设文化大国》《加强地方人大、政协在地方政治生活的作用》《农村产权制度是建设社会主义新农村的根本》《拖欠民工工资应受法律惩罚》《发展职业教育，树立多途径成才观念》《关于筹建"文革"博物馆的提案》等，立场鲜明，观点明确，为国计民生献言献策，充分履行一位政协委员的职责。张贤亮还有一个特殊

1 张贤亮：《繁华的荒凉》，浙江文艺出版社，2016年6月，第255页。

身份是企业家，是镇北堡西部影视城的董事长，在经商领域，他依然有相关的深入思考：《"文人下海"》《宁夏有个镇北堡》《关于宁夏旅游业》《西部企业管理秘笈》《出卖"荒凉"》等文章，围绕镇北堡影视城的管理模式和成功经验，探索宁夏文化旅游业的发展前景和路径，这是中国作家鲜有的创作领域。

对历史的宽恕，对精神伤痕在灵魂层面的解脱，才能带来人的解放。而只有人的最大限度的解放，才能使一个作家创造最大的可能，参政议政，经营企业，从事文化旅游，出卖"荒凉"，尽可能地创造社会物质财富和精神财富，这才是一个中国文人应该具有的风貌，在这个意义上，张贤亮当然已完全超越了一个小说家或杂文家的身份局限和视域局限，在个体的生命中，创造了普通写作者终难望其项背的熠熠生辉的价值。

## 第三节　指点江山：西部人物和社会现象的评点

张贤亮以知识分子的忧患意识和人道主义的精神立场，关注作为社会个体的普通人的生活状况和处境，思考中国文人在新的历史时期创作、经商、参政等参与社会事务的种种思考，毫无疑问，作家的自我道路与大半个世纪各个时期的社会政治事件、政策的关联是作品的基本结构。尤其自己长期居住在西部地区，作为生活并成名于西部地区的企业家，又以比较裕如的视角来描述具有特定风情、习俗、世态的西部市民生活图景、社会现象及西部企业现状。

张贤亮聚焦西部人才环境、西部企业管理、西部人民的民生百态。他生于东部，又常年生活于西部宁夏，自然对东西部差异、对发达地区和偏远落后地区各自的问题和优劣有着深刻的感受。从一个下

放劳动的"右派分子"到知名作家、政协委员、企业高管，张贤亮具备了从底层一直到高层接触中国社会的机会，近距离观察并参与了中国改革开放的艰难历程，为作家深入的思考提供了强大的资源。他对社会改革和国家经济比一般作家熟悉得多，又比一般企业家更多一些理性思考和文化批判，这些人生经验和社会批判也许不适宜用小说形式表达，杂文随笔就是他选择的最好方式了。他在1997年发表的自称为"文学性政论随笔"的20多万字的《小说中国》就是"小小地、略微地"说一下中国问题，说西部问题更是高屋建瓴游刃有余。张贤亮恰当地将企业管理的经验和文化产业的思考以杂文随笔的形式向公众充分表达的个人见解是符合中国特别是中国西部地区的现实的。他创办经营文化产业的经验和对文化产业化的探索类文章游离于小说盛名外而更有借鉴和指导意义。

"现实的发展是历史发展的延续，要洞察现实会发展到怎样的地步，怎样发展到那个地步，不与历史相联系就不是辩证唯物的历史观。"[1]

1　张贤亮：《张贤亮近作》，文汇出版社，2006年8月，第5页。

恰是本着这个目的，作家的文章围绕西部的核心问题层层展开。《宁夏有个镇北堡》和《出卖"荒凉"》中说到的镇北堡西部影视城自然是首要之功：

> "再也没有一个作家像我这样，不但改
> 写了一个地方的历史，还改变了一个地方的
> 地理面貌和人文景观，使周围数千人靠它吃
> 饭。"[1]

20世纪90年代起他将银川西北郊的城堡废墟
改造成国家ＡＡＡＡＡ级景区和影视基地，其中享
誉新时期至今的《红高粱》《老人与狗》《牧马
人》《黄河绝恋》《双旗镇刀客》《大漠豪情》
《新龙门客栈》《大话西游》等著名影视剧都在
此拍摄，其文化价值、旅游价值、经济价值不可
估量，"这比我在文学创作上的成绩还值得欣
慰"。[2] 他的文字记录了多元时代文人顺应市场
经济潮流把西部的"荒凉"改造成一种世人瞩目
的强烈的文化经济效应，宁夏成全了他的文化世
界，他的文学才华又成就了他创造"荒凉中的神
话"，在宁夏乃至中国文坛，这都是绝无仅有。
结合自己的实践经验，作者留下了《西部企业管
理秘笈》《西部生意随想》等颇有参考价值的文
章，同时又继续深入思考中国文化产业、宁夏
本土文化产业的相关问题，如《中国文化产业概
谈》《对树立宁夏文化品牌的一点思考》等。

除了文化体制层面的考量，张贤亮在诸多文
章中对西部人民群体的行为、心理和思维方式的

1　张贤亮：《张贤亮近
作》，文汇出版社，2006
年8月，第9页。

2　张贤亮：《张贤亮近
作》，文汇出版社，2006
年8月，第10页。

特征、勤劳坚韧、逆来顺受、隐忍的惰性和热爱新社会所蕴含的麻木愚昧的顺从进行了细致剖析，继续延伸鲁迅关于"国民性"问题的思考，这些思考往往会被升华为社会体制层面的探究。在《东西部的差距究竟在哪里》《给中国西部"把脉"》《西部，你准备好了吗》《西部"入世"》等文章中他呼吁人们在关注改善西部自然生态环境的同时要改善西部的人文环境。改善人文环境的根本在于改善人才环境，激活用人机制，尊重人才，改善投资者的经营环境，以体制创新和机制创新来解决人才资源匮乏的矛盾，《西部吸引人才应有新思路新办法》《莫让孔雀东南飞》等都是这一层面的得力之作。

多重社会身份的张贤亮，以指点江山的情怀用自己的实际行动和笔下的文字深情渴望着自己所在的"安心福地"能更文明更繁荣。小到一个区域，大到一个国家，都是作家心系之处，都是作家想用自己的笔投射启蒙光亮的地方，只是张贤亮比其他作家更多了自信的气度，这来自于他曾经受的莫大苦难，来自于他审时度势顺应时代创造的物质财富和文化经济效应，更来自于他对国家对社会前瞻性的思考，这也是他为整个时代留下的"夜莺般的歌唱"。文明国家不是没有黑暗和龌龊，而是敢于揭露黑暗和龌龊；民主国家不是没有不公与缺陷，而是竭力去消除不公与缺陷。作家希冀的自由而繁荣的世界不只是停留在叙述身心伤痕、暴露丑恶不公，还在于推动社会制度完善、促进人类文明进步的进程中披肝沥胆，前仆后继。

2013年3月，由杂文选刊杂志社社长刘成信主编的中国杂文作品集大成的《中国杂文（百部）》"卷六·当代合集之五"收录了张贤亮、贾平凹、张抗抗等杂文作家的杂文代表作，其中，张贤亮的《中国土著的廉政观》《家长会》《排泄与喧嚣》等杂文入选，这对作为作家的

张贤亮也是另一重的身份定位和创作认可。文艺启蒙与人的觉醒是20世纪至今中国知识分子追求自我解脱和社会文明理性汹涌澎湃的激流，提倡个性解放和人的自由发展，反对专制禁锢，肯定人本身的才能、情感和价值，在这一路径上，堪称宁夏新时期文化启蒙先驱之一的张贤亮及诸多杂文写作者共同为西部小省区的文化兴盛和生态改善而竭尽全力地前进着。从20世纪80年代开始，张贤亮多次为吴宣文、牛撇捺、暮远、王庆同等人的杂文著作作序、题字并不吝笔墨地支持鼓励他们的创作。他曾在暮远的《夜行者独语》序言中表示自己一度热切关注宁夏作家的成长，也在努力发现宁夏作家的可塑之才。一枝独秀不是春天，大漠孤烟亦不免寂寞，作家在主观上期待着熔铸了自己苦难青春以及显赫后半生的宁夏能形成宽松的文化环境，政治清明，经济繁荣，文化活跃，离东部发达城市、离世界文明的距离更小一些。在中国现代文学史上，张贤亮的存在是特殊的。国家在某一历史时期走过的弯路，对绝大多数民众来说无疑是个体一生的毁灭，甚或是一个家庭、一个家族的没落、沉沦，否定和反思才是对待灾难的主基调。当潜在的不幸变成现实的不幸之后，对于幸存者而言，可以认为是灾难磨炼了个体意志，丰富了人生阅历，但永远不会因此说灾难是美好的，尤其灾难不是天灾而是人祸，又尤其弯路可能还在继续，灾难可能在新时代民族前行途中还要重演但集体的反思、警示又喑哑缺席时，一个经历过灾难的个体的倾诉和思考就极为重要。

一名新闻人，以自己的
文字观察、瞭望、考量、记载
了半个多世纪的社会历史和人
的历史。

——第三章

第三章
## 云月八千里：新闻人王庆同的良知恪守

　　个体人物往往可以映射一个时代，和张贤亮一样，王庆同也是一位穿越特殊年代有着特殊经历的人，这种"特殊"既是动荡年代的必然，也是作为个人的偶然，这种"偶然"就是相对于普通大众的典型性，独特性。这些有着特殊经历作家的文学作品常常更能从个体文字的细致深微了解一个年代的社会环境、政治环境、生存状态、精神状态以及社会变迁等，尤其他们在历尽劫难后又重获新生，并在各自擅长的领域取得了无论是从个体角度还是社会群体都相当显赫的成就。

"三十功名尘与土，八千里路云和月"，在宁夏六十年的风雨人生，看尽陋室空堂，衰草枯杨，尝尽人间冷暖，飞短流长，终在新的历史时代以顽强的毅力、豁达的心胸教书育人，笔耕不谢，不求笏满床，不慕名利场，权当他乡是故乡。窥一斑而见全豹，通过一个人物而反思一个时代，尤其是作为一位极具人文情怀的新闻人，一位从江浙至北京求学又在宁夏度过大半生的王庆同，其视角、思考、感悟都显得弥足珍贵。

王庆同是宁夏新闻界的元老，是宁夏新闻教育事业的奠基人之一。他于1958年从北京大学中文系新闻专业毕业后来到了宁夏，开始了他与共和国、与自治区休戚与共一个甲子的风雨沉浮。结束了特殊年代的遭际，王庆同于20世纪80年代初期进入宁夏大学参与创办该校新闻专业，是年，他四十七岁，他坦言，他的人生是从"四十七岁才开始"。[1] 王庆同发表的第一篇杂文是1957年发于《读书月报》的《小人国与大人国所见》，大学毕业工作后在《宁夏日报》上发表了一些杂文杂谈，后来被迫中断。直到80年代平反后又开始在宁夏各大报刊零散发表杂文，《宁夏杂文集》选辑了其中3篇，《岁月风雨》收录了其中一部分。90年代中期退休后至今的20年间，他的杂文写作因专栏化而进入新的创作巅峰，结集出版为《话一段》和《好了集》，下文会详细阐述。1993年宁夏杂文学会成立时，王庆同是学会顾问。

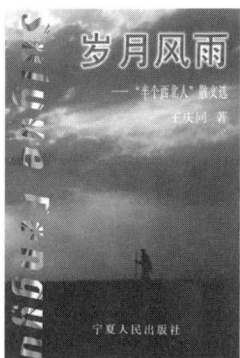

---

1 王庆同的1987届学生张强主编出版了《四十七岁才开始——苦乐人生王庆同》，阳光出版社，2012年5月，集中各方史料，再现了王庆同大半生的经历和成就。

王庆同，笔名一介、一丁、二丙、乙丁，宁夏大学教授。1936年10月生于南京，祖籍浙江省嵊县（现嵊州市）。1954年考入北京大学中文系新闻专业学习。1958年大学毕业以第一志愿到宁夏工作。1958年8月下旬，22岁的王庆同和同班的9名同学从北京来到了宁夏银川，被分配到刚刚创办的《宁夏日报》，开始了5年的记者编辑生涯，王庆同负责部分工业、手工业方面的报道。1963年后，王庆同和另外两位同学在政治运动中蒙受不白之冤，在贺兰山下和盐池县二道边外靠近沙漠的油坊梁村劳动改造多年，直到1980年得到平反，任青山公社党委委员、副主任，后任中共盐池县委宣传部副部长两年。1983年起，任宁夏大学中文系新闻学教研室主任11年，宁夏大学中文系党总支书记3年。1996年退休。曾获全国优秀新闻工作者、宁夏优秀新闻工作者、宁夏精神文明建设五个一工程奖获得者、宁夏大学教书育人先进工作者、2008年度中国新闻教育贡献人物、2009年度感动宁夏人物。退休后被多家媒体（部门）和高校返聘从事新闻阅评和授课，并先后担任《现代生活报》《宁夏法治报》小言论的专栏撰稿人。公开出版著作9本，撰写杂文、评论、散文和短篇小说等上千篇。

王庆同出版的新闻传播专业著作有4本：《新闻写作基础二十讲》（宁夏人民出版社，1992年8月），《公关传播基础》（宁夏人民出版社，

1994年8月），《公共关系与乡镇企业》（宁夏人民出版社，1996年7月），《桥梁与手杖——外国新闻写作技巧评析》（宁夏人民出版社，1996年11月）。回忆录两本：《边外九年》（中国文联出版社，2002年7月）和《毕竟东流去——几只狗和一个人的记忆》（中国文史出版社，2011年8月）。出版的文集有：《岁月风雨——"半个西北人"散文选》（宁夏人民出版社，1998年4月），《话一段》（宁夏人民出版社，2008年8月），《好了集》（阳光出版社，2015年6月）。还有《〈好了集〉补遗》尚未出版。其中《岁月风雨》中《书生一得》一辑近60篇，《话一段》《好了集》中的《今日声音》《红楼杂感》等辑200多篇、《〈好了集〉补遗》大部分属于杂文。这些著作无论从地区新闻传播的专业课程建设还是区域杂文作家队伍的构成角度来看，都是治学严谨、勤谨努力、立言立德的佳作。

## 第一节　野旷天低：一个时代的观察和瞭望

王庆同创作的关于自身前半生被错误批判、迁赶、劳动改造、艰难成活、苦熬春秋及后半生教书育人经历的纪实类散文是《边外九年》和《毕竟东流去》两本回忆录，这两本回忆录曾获得了强烈的社会反响，这里我们主要研究的是他的杂文随笔创作，这些杂文随笔恰是其一生学识、智慧、思考和独特经历的积淀。恰是贺兰山下两年的"劳动改造"、边外九年四野空旷的艰辛生存和80年代走上大学讲台而重获新生、"不用扬鞭自奋蹄"夜以继日地教学备课、伏案笔耕构成了他千篇杂文作品俯首摧眉的坚守、虚怀若谷的低沉和不改新闻人良知底色的思索。本节集中梳理其大半生的创作历程，后两节分别阐述

他的杂文随笔集《话一段》和《好了集》。

王庆同创作发表的第一篇杂文作品是《小人国与大人国所见》，这是阅读《格里佛游记》的5条百字随感，发表于《读书月报》1957年第7期，是该期《读书札记》栏目的头条。来到宁夏参加工作后，从1959年5月到1962年8月期间，在《宁夏日报》以"宫樵""景纪泊"等笔名发表过上百篇杂文、随感，"景纪泊"为《宁夏日报》经济部集体笔名，那时王庆同也常使用这个笔名。1962年9月八届十中全会后的十九年，政治形势所迫，他不能再写、报纸也不再刊登此类文章。这些文章中，《从"挖"谈起》《高瞻远瞩和脚踏实地》《丢掉"框子"》《事在人为》《亲近·说服·鼓励》等5篇选入《岁月风雨》。

20世纪80年代前期，王庆同以本名在《宁夏日报》的《杂感录》《星期谈》《谈心会》《塞上论坛》等栏目发表杂文、随感十几篇。1988年到1996年以"一介"的笔名在《银川晚报》头版的《凤城夜话》专栏发表了46篇杂文作品。《凤城夜话》由《宁夏日报》毛弋、钱蒙年、王庆同轮流执笔，吴宣文也常在这个专栏发表文章，如第一章所言，其文集《凤城夜话》即得名于此。《凤城夜话》专栏是《银川晚报》创办时即设置的言论专栏，王庆同结合当时的社会现实，言简意赅评点社会现象，揭露不良社会之风。如《请多想着点"主人"》（《银川晚报》试刊第19

期，1988年5月5日）号召各行各业多想着点"主人"惦着点"服务"；提醒人们《当心务虚名得实祸》（《银川晚报》，1988年12月29日），《"短期行为"要不得》（《银川晚报》试刊第22期，1988年5月26日），其中《多一点人情味》（《银川晚报》，1989年4月6日），《截流与拔源》（《银川晚报》，1992年5月5日）和发表于《银南报》的《危机感二题》（1992年6月24日）三篇收入《宁夏杂文集》（详见第一章）。

1988年到2008年的20年间，王庆同以"一介"笔名在区内各大报刊专栏发表了大量杂文随笔，其中《宁夏日报·谈心》栏目和其他版发表杂文27篇，《华兴时报》的《华兴视点》《有话要说》栏目发表8篇，《宁夏广播电视报》发表7篇，《石嘴山报·快语》等栏目发表7篇，《固原报·周末话题》等栏目发表11篇，《宁夏政协报·杂文》发表2篇，《银南报·七日谈》发表3篇，《黄河工商报·黄河涛声》发表1篇，《宁夏法制报》[1]的《钟楼》《微言堂随笔》栏目发表5篇，《宁夏青年报》发表3篇。

2004年王庆同应邀在《现代生活报》开辟小言论专栏《话一段》，到2010年共发表508篇（笔名"一丁"），2010年到2014年于《宁夏法治报》的《今日声音》发表杂文时评745篇（笔名"乙丁"）。2006年到2007年在《现代生活报·现代观点》发表69篇（笔名"二丙"）。

1　《宁夏法制报》是宁夏回族自治区党委政法委机关报，创刊于1982年3月，并创办《法制周末》专刊。2004年更名为《法治新报》，2015年8月15日，更名为《宁夏法治报》。

从1988年的《银川晚报·凤城夜话》到2014年《现代生活报》的《话一段》《现代观点》专栏、《宁夏法治报·今日声音》及《华兴时报·华兴时评》等，王庆同在26年间共创作发表杂文时评1463篇。如果从1957年开始算起包括发表于其他各报刊、不在上述栏目里的发表的300多篇，除去平反前劳动和恢复工作但没有写作的17年时间，王庆同除了在盐池县工作和宁夏大学授课，还创作了1700多篇杂文、时评、随感（主要集中在20世纪90年代中后期至今的20多年）。这上千篇杂文时评随感见证了一个时代人的荣辱浮沉，一个时期社会的滞钝和发展，一名新闻人，以自己的文字观察、瞭望、考量、记载了半个多世纪的社会历史和人的历史。

## 第二节　微言大义：新闻短评与杂议

受北京大学新闻专业严格训练的王庆同素喜书写短文章，发小言论，这自然是新闻报道的时效性和报纸专栏版面字数的客观需要，也是作者几十年的主观选择，从20世纪80年代末的《银川晚报·凤城夜话》到2004年以来的《现代生活报·话一段》《宁夏法治报·今日声音》专栏文章都是千字内的小文章，多数了了三五百字，虽然短小，却字字珠玑，微言大义。言其微，一是表其文章短小，二是表其言语含蓄微妙，却饱含精深切要的生活义理和人生感悟。

2004年起，时任《现代生活报》总编辑的张强邀请王庆同在《现代生活报》开辟个人专栏《话一段》，负责这个专栏的责任编辑是时任《现代生活报》的副总编辑韦军、黎明和编委李文龙，从2004年1月19日至2010年9月间，王庆同在该专栏共发表508篇小言论，每周三四篇。在2007年下半年时选编了其中的161篇，同时选编了他在《现代生活报·现代观点》和发表在《宁夏日报》、《宁夏煤炭报》（现《华夏能源报》）等报刊的文章共183篇结集为《话一段》，由宁夏人民出版社出版（2008年8月）。正如后记中所说，他想为短文章"讨个地位"，也想抒发"心底的情感与诉说"：

"2004年我已经68岁了，老了为什么还自讨苦吃？一是有话想说，二是想为短文章讨个地位，三是防止我大脑'生锈'，小脑萎缩，多活几天'明白'日子。

据我的亲身经历，我国改革开放以来，人民生活确实改善了，农民不再为'吃肚子'（口粮）犯愁，城里人不再揣一大把票证生活。这两条是铁的事实。为了这两条，我们走了多么长的探索之路，作出了多么艰苦的创新努力，付出了多大的惨痛代价！这是扎根在我心里的坐标，也是我写这些文章的思想基础。在历史长河中，我只是一朵浪花，在它慢慢地回落大海的时候（晚年了），竟弄出一点声响（《话一段》）——那是浪花获得自由时心底的歌唱，抒发的是心底的情感与诉说。"[1]

1 王庆同：《话一段》，宁夏人民出版社，2008年8月，第285页。

张强在《感激与祝福》一文中阐述作为学生和专栏负责人对老师也是专栏作者的王庆同的认

识和感受，也深情表达了《话一段》的客观意义，可谓入情入理：

> "从1983年我有幸成为王老师的学生起，25年间我们从来没有见到过王老师的伤感。生活给予他的磨难、惊喜、成果、幸福等等全成了营养和智慧。所有的无助、困窘和尴尬都被他承接。我们从王老师身上得到的永远是体贴和善意。我们所有的努力都不会落过王老师的眼睛，从他那儿得到的总是鼓励。王老师让我们感受到生命的无限宽度和广度，感受到生命从任何的一天或每时每刻起都可以是起点，都可以走向一个无限开放、灿烂的空间。所以，在70岁的时间，王老师依然可以串起最宝贵的'珍珠'，这就是《话一段》。"[1]

1　王庆同：《话一段》，宁夏人民出版社，2008年8月，第283页。

就具体篇目来说，《话一段》具有以下几个显著的艺术特色。

开门见山，直入主题。这些短论只从题目就一目了然，态度明确，善恶清晰，爱憎分明，倡导什么，抵制什么，为什么倡导，为什么抵制，言辞平和，循循善诱。例如《服务要实》《实招比什么都强》《别拿政策开涮》《不能"坐堂监管"》《"免疫接种"好》《空话没用》《良心无价》《束身自爱》等。

洗练缜密，清新浅显。王庆同文章喜用口语，这种口语是经过精心推敲提炼的，是书面语和口语完美的结合，言约意丰，妥帖平实，使文章显得自然清新活泼。这与他多年和普通劳动人民融为一体密不可分。语言的平和往往建立在心理平和的基础上，平和的文字通常是平和、冷静、理性的心态之反映，王庆同这样的写作者，内心无疑是以普通读者的阅读为出发点。

寓理于事，言之有物。这些言论或剖析社会现象，或捕捉内心感悟，从一件事、一个人、一本书、一句话谈起，有感而发，富有机趣，貌似漫不经心，却暗含机锋，表面散漫自由，实则逻辑严密，思想深刻。

这几点不但是这本集子的基本特色，也是他大部分文章的特点。近200篇小言论在文集《话一段》中分为两部分，一部分是短论时评随感，另一部分辑为《又一段》，后者是作者的经历自述，不过和《边外九年》和《毕竟东流去》那种报告文学式的深度回忆散文不同，《又一段》是几十篇回忆性小杂感，以叙为主，鲜有议论，了了百字，一事一物，多有留白，于当止处止，风流蕴藉，余音绕梁，依然是洗练的春秋笔法，大有魏晋《世说新语》和明清笔记简约散淡之风。很有意思的是，这些文章，由张浩洋配以漫画插图，使这个集子图文并茂，妙趣横生。

## 第三节　民间立场：历经劫波而贴近底层的旷达

从其文字作品来看，无论是青年时的踌躇满志激情满怀，还是遭遇劫难的隐忍悱恻、平反后的如遇甘霖，或是人生晚年时过境迁的旷达，王庆同一生都把自己放得很低，总是把自己与社会最平常的现实、与最普通的民间事物、与最底层的劳动人民紧密结合在一起，不是圣坛上的说教，不是居高临下的宣扬，不是智者对愚者的训诫，只是身体力行、润物无声、潜移默化，其杂文、时评、随感作品里的智慧、爽利、精辟、专注和清晰溢于言表。他通常把自己的回忆和现实信手拈来付诸于文，以其淡泊沉静的精神气质彰显着生命的宽度和广度，为读者提供了一个开放、包容、丰富、洗练的精神空间和生命维度，这恰是一代知识分子恪守的民间立场和内心良知。

王庆同这样的中国知识分子，始终将对国家、民众负一份道义责任、社会责任作为自己理想人格的人生追求，这是他终生不曾放弃的良知恪守，他的身心、他的文字早已与艰难岁月时遇到的底层农牧民、山川草木、一粥一饭融为一体，与从事新闻采访、专栏写作而接触的同人、读者，也与他几十年从事新闻学教育而结交的师友水乳交融。他是老一辈的北大高才生，也是学识渊博的教授，但他的文字极少传教布道式的"精英意识"，更多是秉持民间立场，为底层代言，为普通老百姓发声。正如前文提到的，从本书的研究范围来看，这一立场在作为著名作家的张贤亮、作为大学教授的王庆同、作为领导干部的吴宣文、牛撇捺身上得以体现都是难能可贵的。这一立场决定了他们这样的知识分子不但只是在笔端为苍生的不幸苦难而呼告呐喊，而且还由此批判揭露违背社会公平正义、损害践踏广大人民利益与权利的弊端、缺失并发掘造成这些问题的内在根源，从根本上维护社会底层的权益。这种主观倾向很明显地体现在了他们的作品里。

《好了集》是王庆同近年出版的重要自选文集。集子分为六辑，近60万字。第一辑《今日声音》选自作者在《宁夏法治报》开的《今日声音》言论专栏（笔名"乙丁"）的文章153篇，约为该专栏全部文章的四分之一；第二辑《思之存之》是对故人和往事的回忆散文；第三辑《读书笔记》是读书生活的缩影；第四辑《读朱镕基》是读《朱镕基讲话实录》的随感，曾在《中卫日报》连载；第五辑《红楼杂感》是作者从社会、历史的角度议《红楼梦》的短文，这些短文曾载于《华兴时报》《新消息报》《新闻老兵》等；第六辑《我与盐池》收录作者回忆在盐池劳动、工作17年的散文，其中《边外九年》是2002年中国文联出版社出版的《边外九年》一书的主要内容。本书还是重点说一下文集里的杂文部分。

2010年9月至2014年12月，王庆同在《宁夏法治报·今日声音》共发表杂文时评745篇，每周三四篇。《好了集·今日声音》选辑中的短文和其他专栏杂文时评一样，文章简短精悍，辛辣犀利，极为耐读，既有思想深度，也有艺术魅力。张强在《唯有进取 才有年轻》一文中，已经对这些短文做了精辟的概括：

"《法治新报·今日声音》专栏所刊发的王庆同教授的言论，关注社会每一次铿锵有力的脚步，关注具体而微小的社会事件，关注幸运的相逢和不幸的苦楚，关注正义来迟的迷茫，关注公平彰显的进步。一篇篇饱含真情的言说，从致敬崇高到剑指丑恶，从创新品格到尊重规律，从心怀悲悯到凸显愉悦，饱含着真相的判断，甄别着善恶的尺度，放射出理想的光芒，鼓励着读者行进的脚步。

这些饱含着感恩情结的文字是岁月的财富、时代的使命、时间的沉淀，是作者辛勤努力的见证。就像从一棵树木的年轮里，窥见它历经的磨难和坎坷，读出它今天的挺拔和伟岸。"[1]

1 王庆同：《好了集》，阳光出版社，2015年6月，第582页。

《话一段》和《好了集·今日声音》都是王庆同从大学退休后完成的作品，此一时期，年轻时的苦难记忆渐去渐远，随着年龄增长，他受到越来越多学生的爱戴和社会各界的认可尊重，内心充沛而安详，生活愉悦而优渥，却依然隐忍而克制，依然保持创作的热情，不再从事教学的他有了更多精力和时间来进行专栏写作。王庆同依然是贴近现实生活贴近底层民众的视角，只是在新的时代环境和文明法治逐步完善的进程中，把

笔墨聚集于法治和制度层面，这固然与法治报纸的普法宣传教育、法制规章完善的需要不可分割，但更与作者敏锐的洞察力、高屋建瓴的全局意识有关，《制度！制度！》《法治的尊严与人性》《法治：时代的强音》《有备无患靠制度》《人治文化是恶文化》《公道之道》《有备无患靠制度》等都是这一层面的佳作。

王庆同的作品同样体现着深深的人道主义关怀精神，从早年的《多一点人情味》（《银川晚报》，1989年4月6日），《不要让老实人吃亏》（《宁夏日报》，1990年8月8日），《视人民如父母》（《银川晚报》，1995年3月18日），到近期的收入《好了集》的《"生命是个礼物"》《把人当人看》《尊重个人意愿》《证人的良知》《人的生命标志是什么》等，都是从不同角度观照人的存在，反思人性。他也无数次将视角投向动物，有的借动物说事，有的以动物说理，更多以动物性来说人性，仅《好了集》就俯拾皆是：《活牛被注水死，惨！》《"人应该向动物学习"》《姚明家的猫》《"每条狗都有自己的时间段"》《"人无复议驴"》等。

一个时代的价值取向貌似一直在变，但最本质的东西往往永恒不变，历经岁月的摔打洗礼而更显得珍贵。个人命运与社会背景的冲突融合，身体的磨难和摧残，精神的彷徨与挣扎及对所处环境的适应与超越，成为处于特殊年代每个人必然要经历的过程，只是程度深浅和具体经历有所不同。王庆同跨越特殊年代的独特经历和所见所思的记叙和议论，不但向曾经课堂上的学生也在向今天的读者传递一种独立坚强、从容豁达、宽怀大度的师道精神和人格力量，以他曾遭遇的苦难与温暖、暴戾与爱、彷徨与沉思向读者昭示：只要人有理想、有信念，只要努力坚持，在任何环境下都能保持人性光辉和人道主义精神，生命终将绽放异彩纷呈而不分早晚。所有走过的路、留下的文字都是人生财富厚重的积累，更是人生境界澄澈旷达的必需，虽然往往是以痛苦折磨的形式留存于身心，而以平静澹然的文字呈之于世。

社会文明进步的表征之一在于民主，民主的最大特点是言论自由和信仰自由。

——第四章

## 第四章
## 老泉执健笔：邢魁学和牛愚的杂文

20世纪80年代以来的30年间，宁夏文学呈现了前所未有活跃和繁荣，其中杂文创作可谓是收获颇丰的一个重要领域，特别是新世纪以来，在宁夏杂文学会会长牛撇捺的倡导下，杂文作者纷纷拿起笔，用"良知和正义为这个时代放言"，[1]宁夏杂文作家的创作呈现出"井喷"状态。吴宣文、王庆同、钱蒙年、牛撇捺、朱正安、暮远、

1 宁夏杂文学会编：《美丽的谎言也是谎言》，宁夏人民出版社，2007年，第3页。

邢魁学、马河等20世纪八九十年代即活跃于宁夏文坛，90年代后，张贤亮、王庆同、牛愚、沈华维等作家以不同身份或在不同工作岗位退下后坚持写作，他们具有丰富的阅历，深刻的人生体验和扎实的文字功力，他们创作的杂文厚重老到，锐气不减。在这个过程中，宁夏杂文创作有过沉寂，也有个别作家淡出，但整体上新老作家交替均衡，新生力量辈出，这与王庆同、邢魁学等老作家的创作坚持分不开，也与宁夏杂文学会通过各种图书出版、文艺交流活动紧密团结老中青几代杂文作家密切相关。从杂文作家的新老交替或老骥伏枥的贡献来说，邢魁学、牛愚、荆竹等人的创作非常值得肯定。

## 第一节　坐看云起：邢魁学杂文的人性幽微

真正的智者源自读书的开阔和生活的感悟。邢魁学，1946年生于陕西关中岐山，1961年从军，1968年转业到宁夏银川橡胶厂，成为一名企业管理人员。由于天性好书，读多了便不自觉地开始创作，后来更是一发不可收，50多岁时开始杂文写作，创作了上百篇极具思想深度的杂文。著有杂文集《穿越文化戈壁》（宁夏人民出版社，2003年10月）和《坐看云起》（宁夏人民出版社，2008年11月）。2007年2月由宁夏人民出版社出版的杂文集《美丽的谎言也是谎言》中，收录了邢魁学的3篇杂文，分别是《说脸》《说老》和《国民性一斑》。2007年8月由宁夏人民出版社出版的《杂文：宁夏十人集》中，收录了邢魁学的《东拉西扯》《性之力浅说》《乱翻书》《忽然就想起了庄子的话》等10篇优秀杂文。《思志——宁夏杂文20年作品撷拾》（宁夏人民教育出版社，2015年）A卷收了4篇，B卷收了1篇。但是无论邢魁学的杂文题材如何变化，其审视和批判的对象总是

落在文化上，从生活的话题对中国传统文化潜藏的弊病进行深刻而透彻的剖析。从人类精神生活而言，文化无孔不入地左右着人类对社会、对自我、对人生的体悟、感触和知解。邢魁学多变的杂文题材离不开对生活的观察和对人生的思考，不论是他的第一本杂文集《穿越文化戈壁》，还是第二本杂文集《坐看云起》，都渗透着作者本人浓厚的文化情怀和温情的人道关怀。

邢魁学的《穿越文化戈壁》几经波折终于在2003年呈现在读者面前。一位普通的企业职工，始终保持清醒思考的大脑，以一位知识分子的良知和历史责任感，感悟人生，洞察社会，冷眼俯瞰芸芸众生，并不断以沉稳犀利的笔锋鞭挞陋习，针砭时弊，抒发着对国家对社会的满腔深情厚谊。虽然没有接受过正规的大学教育，但几十年来坚持自学，坚持写作，博览群书，好学不倦，其继承鲁迅杂文的写作传统，直面人生，直面社会。虽然《穿越文化戈壁》收进的是他20世纪八九十年代的早期作品，但丝毫没有时代的隔膜，究其原因，多因为他的杂文立意谋篇从传统文化切入，又从多种角度观察剖析，旁征博引，举一反三，多种事例相互印证。他的杂文中对文化的批判始终是精髓，无论涉及何主题，最终都会回到对文化的审视和反思，正如解孟林在《穿越文化戈壁》序言中曾说："这本集子，恰好是帮助我们直面人生，正视、反思自身'病症'的一面镜子,是一剂促人觉醒、催人奋进的苦口良药。"[1]作者对文化的审视会追根溯源到千年前的封建文化,而对文化的反思则通过参照西方文化背景来窥探国民文化心理,其实在鲁迅杂文中就有不少篇章是通过西方的某种文化象征来对照和反思本国国民性和封建文化从而达到其批判目的。《我之文化观》《盗火者与盗土者》《从"感恩节"说开去》《"拿来主义"之外》《偏见与无知》等篇在东西文化撞击中浸透了作者的审美体验和文化意味,而隐含其间的文化人格也使作品更富有艺术灵魂。由文化观照人生,从对传统文化的及西方文化的比较研究中,重于批判,《"国粹"杂谈》《人之初》《我看"二十四孝"》《中国人的用人之道》《我看阿斗》《中国的男人》等文发人深省地透彻揭露儒家文化的虚伪。在《"国粹"杂谈》一文中,作者写道:"'国粹'是改革的绊脚石,民族振兴的枷锁。不开化的民族总是沉湎在历史的回忆中,虽然这能使人明智,但更多的是使人故步自封。长此以往,这个民族就只有消亡的资格了,虽然它不愿意。贫穷不可怕,可怕的是愚昧,维护'国粹',在某种意义上是维护愚昧。"[2]如此犀利又深刻的言论,直击人们内心深处的文化基因,触动读者思维中的文化自觉。

这样的文化思考也贯穿在他后期的作品中,批挞愚昧,继承精髓,从对儒、佛、道文化的批

1　邢魁学:《穿越文化戈壁》,宁夏人民出版社,2003年10月,第1页。

2　邢魁学:《穿越文化戈壁》,宁夏人民出版社,2003年10月,第16页。

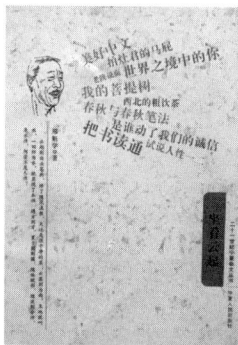

1 邢魁学：《坐看云起》，宁夏人民出版社，2008年11月，第1页。

2 任平：《礼记直解》，浙江文艺出版社，2000年，第179页。

3 金良年：《孟子译注》，上海古籍出版社，2004年，第233页。

判性梳理中，逐渐趋向理性豁达，这从他的第二本杂文集取名《坐看云起》即可见端倪。《坐看云起》是《二十一世纪宁夏杂文丛书》之一，其开篇《坐看云起——因诗感怀》说道："云起则白云苍狗，终了随风流散，天还是很干净的蓝；云落则为雨，至地就叫水，一回归为水，就显现了本性：遇方则方，置于圆则圆，随物赋形，随流则合污，是水性，何尝不是人性？"[1]邢魁学的杂文关注的是人性，云腾致雨，写水性亦是在写人性。孔子在《礼记》里讲"饮食男女，人之大欲存焉"，[2]《孟子》中也提到告子提出"食色，性也"，主张"生之谓性"，[3]即主张食、色为人类生存所必需，邢魁学亦不例外。其杂文多次谈到饮食、喝茶、饮酒，乃至"性力吸引"，其议论风生的文章并非一般的社会批判和时事点评，不经意间指向"你""我"的精神主体，处处发现身居塞上银川的生活之美，又有安闲平和的朴实风格。如《天下第一饮——酒与艺术》《古人喝什么酒》《说吃》《西北的粗饮茶》《你喝什么》《在银川吃牛肉拉面》《在银川吃羊肉泡馍》《老陕说面》《拍灶君的马屁》等，宛若林语堂、汪曾祺的散文，不温不火，回味悠长。但邢魁学并未将饮茶喝酒吃面的问题停留在饮食本身，而是由饮茶喝酒上升到艺术，把吃面和文化联系到一起，"无论君子、圣贤是人都得吃饭，民以食为天，天者，天道也，有什么能大过天",[1] 即由饮食归结至天性、人性，借食色性这一浅层次需要的描摹来充分表达对人性的思考和更高层次的精神追求，诚如作者所言"离开人身、人生、人性的思索与写作，还有什么学问和道理可言"。[2] 作者也深切关注传统典籍关注语言文化，这在《再读圣贤》《〈西游记〉之别解》《城市文化断想》《小说语文》《咬文嚼字》《美好中文》等文中有充分的体现。而更难能可贵的是，从《穿越文化戈壁》到《坐看云起》，作者始终坚持由探究人性幽微升华至国民性批判，正如大部分杂文家所做的一样，在《国民性之一斑》等文中，言简意赅地探讨了国民性的概念，并结合现实事例批评了国人崇洋媚外、好大喜功等特性。

牛撇捺曾说邢魁学是杂文文坛的黑马，"是一位把杂文作为艺术品来着意创造的学者，是一个感情激昂而又深沉严肃的作者。"[3] 闵生裕也在《梦与魁星会》一文中说邢魁学的杂文"洞悉历史，直指时弊，反思旧文化，剖析国民劣根性，这些在他笔下或鞭辟入里、入木三分，或隽永别致、意味幽深。"[4] 其实邢魁学一直认为杂文家该有平常心，有佛心，"这便是至爱和至善，依仗这个，杂文家才能穷极物理，心无旁顾。佛陀善心，菩萨慈悲，但不一律是慈眉善目的，也有丑陋狰狞者在，无论显现在世人面前是怎样一副面孔，抑恶扬善，却是归而一统的。冷面森煞却

1　邢魁学：《坐看云起》，宁夏人民出版社，2008年11月，第79页。

2　邢魁学：《坐看云起》，宁夏人民出版社，2008年11月，第79页。

3　邢魁学：《穿越文化戈壁》，宁夏人民出版社，2003年10月，第2页。

4　闵生裕：《书香醉我》，阳光出版社，2010年11月，第15页。

1 邢魁学：《穿越文化戈壁》，宁夏人民出版社，2003年10月，第411页。

2 邓晓芒：《文化与文学三论》，湖北人民出版社，2005年，第157页。

又古道热肠，这是一种秉性，或是一种文体的风骨。"[1] 退休之后的邢魁学"坐看云起"，更像隐士，从理性思考走向锐直顿开的恍然大悟。"可以肯定的是，自由意志，包括任意性和选择的意志，本身并不是一条道德规范，但它却是一切道德之所以能够成立的前提。"[2] 杂文作家邢魁学在杂文写作的审美言说中表现了自由的精神。对生活细致的描写，乐观知足，情趣盎然，超越简单的针砭和批评，一种关乎道德超越的自由意志让读者轻松、达观并且优美，大约只有在现实的道德自觉之上才会有平和而宽容的自由意识，才可能升华为亲切的现实情怀和精神自我。

## 第二节　激浊扬清：
## 牛愚杂文对现实社会的针砭

个人不可能脱离责任而生存，在世事和是非面前，一个有责任意识的作家绝不会视而不见，充耳不闻，置之不理，长期在军中从事文字工作的牛愚始终将写作作为一种兴趣和习惯，他们认为为国尽忠、为民进言、为社会尽责是天经地义，理所当然。

牛愚是宁夏杂文界的前辈，虽然从事杂文创作较晚，但多年来一直坚持创作，执着而坚韧。牛愚本名杨泉麓，1948年9月出生，1968年2月从宁夏吴忠中学应征入伍。历任骑兵第二十师管理科给养员，陆军第二十师政治部给养员，师政治部司务长，师政治部秘书科干事，步兵第六十团一连指导员，六十团政治处宣传股股长，陆军二十师政治部宣传科副科长，守备一师政治部宣传科科长，守备一团政委。1985年9月入宁夏工学院管理工程系工业企业管理专业学习，1987年7月毕业。1987年8月任宁夏军区政治部组织处处长，1991年3月任银川军分区政治部主任，1998年3月青海省军区海北军分区政委，2000年6月任宁夏军区政治部副主任。2003年12月退休后担任宁夏回族自治区国防教育办公室主任至2007年。

牛愚的早期杂文被收进2007年的《杂文：宁夏十人集》，他的第一本杂文作品集是《扬清集》（宁夏人民出版社，2010年）。通过作家的思想和语言，弘扬新风正气，通达社情民意，引导社会热点舆论，疏导公众情绪，加强舆论监督，为构建和谐社会良好的思想舆论氛围，尽可能剔除黑暗、阴影、丑恶，让公平、正义、善良保留于人间，激浊扬清，这也正是《扬清集》的初衷。朱世忠在《朝着空气射击》中说："写作是个人化和私密色彩相当明显的行为。我并不高尚，没有拯救别人灵魂的能力，没有用文字给世界增添光彩的天分，更没有荡涤污泥浊水，激浊扬清的境界。因此，写文章的出发点很简单，就是要把过去的不堪，拿出来让太阳暴晒，清理灵魂的垃圾，不让往事在心里荒芜发霉，不要被垃

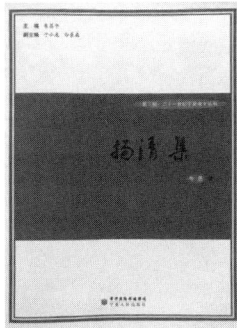

1　朱世忠：《朝着空气射击》，宁夏人民出版社，2008年，第176页。

垃圾拖累。写杂文，是想把生活中有些见不得人的东西，让眼睛检阅。如果写作时守不住这个底线，我连回家卖红薯的资格都不具备。写作并不是宗教，并不像有些人标榜的那样，只有天天烧香叩头，才能悟得真谛，然后普度众生。"[1] 朱世忠此言显现了杂文家的温和态度和轻喜剧的智慧，这仿佛可以成为牛愚杂文的旁证，与宁夏其他杂文作家的作品比照阅读，文义互见。

社会文明进步的表征之一在于民主，民主的最大特点是言论自由和信仰自由。随着国家民主法制建设步伐的加快，人民群众的话语权更好地得到维护，这也不断为杂文创作提供更加广阔的空间。牛愚认为："杂文所具有的价值并不在于杂文作者本身，而在于他们的思想。杂文作为思想的凝结和物化、在思想文化中的地位作用是不能小觑的。放纵的思想是没有限制的。一个肤浅的道理，或许就是人生的至理名言；一篇朴实的文章，或许就是一个治国的良策。因此，依附历史环境，紧扣人们对国计民生的关注和企盼，用细腻的笔融直探社会矛盾，针砭时弊，惩恶扬善，扬清止浊，鞭挞丑恶假，颂扬美善真，揭示生命的意义和人生的真谛，泼洒和融入现代生活的哲理，展示正义必定战胜邪恶的必然规律，使杂文确实成为构建和谐社会的'助推器'和'融合剂'，真正无愧于时代，无愧于人民，无愧于良心。这无疑是每个杂文爱好者所必须坚守的'精神家园'。"[2]

2　牛愚：《扬清集》，宁夏人民出版社，2010年7月，第225页。

　　和众多的杂文作家一样，牛愚的杂文也是多议论新闻事件，讽刺腐败作秀行为，鞭挞丑恶灵魂、关心百姓疾苦等，反映了作者对现实社会人生的关注，对国家民族命运的关心和忧虑，对时代文化的责任和担当。牛愚的杂文问题针对性非常强，而且往往从自己的切身感受出发，就具体事件展开分析和批评，细细品味，确实有一种激浊扬清的大境界。《打黑除恶必须打击"保护伞"》《加强对党政"一把手"的监督》等许多文章论说精辟，说理透彻，揭开了表面上的虚伪，直指问题的核心，让读者明辨是非，体现出了作者的智识和明理。他的观点和批评的内容也多反映在题目中，比如《效率不应该以生命为代价》《群众是反腐败的英雄》《社会矛盾宜解不宜结》等，这反映出他对一些问题迅速准确的判断和批评的创作心态。他的杂文写法很传统，很中正。他的文章中规中矩，徐徐道来，朴素而又直接，仿佛是一个老人在用好脾气教育着顽劣的年轻人一样，很和气，很受益，也很中听。可能读者未必觉着解气过瘾，但接受者一定容易接受这样的说教批评，从这个角度而言，他的杂文可能对批评对象更有教育意义，更能起到杂文的现实功用。他的杂文不是很跋扈，也不是很另类，朴素地说着基本事理，具有平民情怀，正面说事讲理，平实而冲淡。他怀着对规范的建设之爱心评析着社会事件，情绪激动，观点鲜明，价值取向明确，批评到位。

有对生活真挚深厚的爱，才有杂文。因为爱这个社会和它的规范，才会批评这个社会。爱之深，恨之才切，批之才淋漓。只有爱这个世界，才会在乎社会的规范，因为经历过专制和苦难，才会珍惜今天、渴望自由、捍卫尊严。热爱生活的美好和人性的自由，对一切丑陋、腐败和不公正的人事必然指斥和揭露。因此牛愚杂文显示了朴实、严正和针砭当下社会弊端的鲜明特色。在宁夏杂文作家中，赋闲的牛愚依然有着这样的热情和担当着实令人尊敬。

探寻20世纪学者及当代作家
的人格基因和精神历程，以此为呼
唤和挖掘20世纪中国人文学术传统
而作出主观的努力。

——第五章

第五章
智慧与觉醒：荆竹杂文随笔的厚积薄发

　　20世纪70年代后期毕业于复旦大学中文系的荆竹是宁夏评论家。其学院出身决定其杂文是名副其实的学者杂文，或者严格意义说更多应属于学术随笔，这在诸多宁夏杂文作家中得天独厚，别有匠心。

　　荆竹，本名王金柱，祖籍山西灵石，1953年3月17日出生于宁夏贺兰县。研究员，宁夏文史研究馆馆员。荆竹于1974年进入复旦大学中文系文艺评论专业读书，1977年毕业后分配到《宁夏日报》文艺部从事文艺编辑工作。1984年4月，调宁夏回族自治区团委任宣传部副部长、兼《宁夏青年报》(《青年生活导报》《现代生活报》前身)副总编辑。1994年5月调宁夏文联任文艺理论研究室副主任、《塞上文谭》(文艺理论刊物)主编,1998年任宁夏文联文艺理论研究室主任。2006年至2013年任宁夏文学艺术院院长。2003年至今,为宁夏文联副主席。1999年至2014年,为宁夏作家协会副主席。1995年加入中国作家协会。他在1972年开始发表诗歌作品,自20世纪80年代以来,以"荆竹"为笔名,在《人民日报》《光明日报》《解放军报》《安徽日报》《内蒙古日报》《文艺争鸣》等全国一百多家报刊发表各类文章800多篇,凡四百多万字。从70年代末开始发表杂文到2008年,在《宁夏日报》《宁夏青年报》《银川晚报》《新消息报》等报刊发表杂文300多篇。著有文艺美学专著《智慧与觉醒》(宁夏人民出版社,1994年1月),《追求真善美——香港作家吴正诗文研究》(北岳文艺出版社,1999年2月),《精神的意象——学术随笔集》(2001年),专著《学术的双峰》(宁夏人民出版社,2008年5月),《荆竹文艺评论选》(宁夏人民出版社,2017年12月)等。《智慧与觉醒》阐述了艺术的智慧风貌、文化的批判、人的觉醒,以此为基础探索了人与自然、文化、社会、艺术、美学、历史传统等问题。论述了艺术理论的各个侧面,如审美特质、艺术结构机制、艺术与自由精神以及

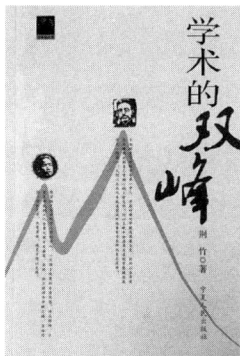

文化超越、分析美学、语像形态等，勾勒出了一幅当代人类文化与艺术的永恒魅力及人在历史长河中无限的文化创造能力的理论图画。《学术的双峰》则是关于王国维、陈寅恪学术思想评传，钩玄提要地评述了理论体系以及于学术史上所产生的影响；既有清晰的历史脉络，亦有清通的辨析性评议，史论结合，学养深厚、识见卓越、论述严谨、文采斐然。因具备丰厚的文艺理论研究功底，荆竹的杂文随笔知识丰赡，学术气息浓郁，展现着与其他杂文作者不同的风格。

荆竹在近50年的文学与学术生涯中，为读者呈献了几部规模宏阔的系统性学术著作以及几百篇杂文随笔，其杂文随笔写作，涉及范围至广，所论问题至多，大体分为现实社会时评、文艺杂评与人文学术随笔等几个方面。他的杂文随笔，性情率真而元气充沛。读其杂文随笔，会被其中蕴含的精神力量所打动，这样的精神力量，来源于几千年中国文化传统精华的滋养，来源于中国文化生命的强大，而这种种均活跃在那质朴、恳切、厚积薄发的文字表达中。这种精神力量，在他的学术著述与杂文随笔中皆能感觉到。


## 第一节　第二生命：关于中国文化的思考


荆竹撰文认为，人的第二生命是文化，对中国文化孜孜不倦的思索研究是作家重要的生命主题。中国是古老的文明之邦，即使在当下被政治、科技、经济发展所挤压的物量化、一体化的世界上，中国文化典籍之深度与厚度，仍然是一笔骄人的财富与资源。如果有文而无学，没有当下的学者以一己之生命，结合时代之感受，将结晶在古人"文"中之精神，激活起来，担当起来，感动同时代的人，那么再深厚的东西，也不免被淘汰和遗忘。荆竹就是这样一位勇于承担文化生命、弘扬往圣精神的学者。他把杂文随笔当作生命力的激荡，呈现文化个性的张扬。通过荆竹的杂文随笔，读者可以领略到他对中国思想文化病痛的发掘，对中国文化精神的认知及对于中国文人的期待，这是宁夏杂文界一支独特的健笔。

荆竹大量阅读古今中外经典，20世纪80年代，他为了练好杂文这种文体，在一段时期内坚持每天写一篇杂文，这可以说是有"志于学"，正是"志于学"的精神，立下其文化生命的基石。孔子说的"志于学"，并不是泛指一般的学习文化知识，而是指要通过学习达到生命之完善，由己及人，有所作为，为天下得其"公"而不懈努力。熊十力有句话说："为学者，所以学为人也。"他写了大量社会时评杂文，尤其大量关于中国文化的思考，如《文化——人的第二生命》《古老文化的新生之路在哪里？》《秤上的文化与文化里的秤》《孤独的自白——现代文化的困惑与迷惘》《谈文化的创新》等。他执着地认为，文化是人的第二生命，尤其学者一定具有文化学术生命，这是除了自然生命外的第二生命。

在荆竹的杂文随笔中，可以真切感受他坦荡心怀和处变不惊的风格，这一风格如果向真诚坦率、去私去蔽的方向发展，由诚心通向公心，烙上文化人格之痕迹，并能将此种精神贯注于文学与学术，贯注于整个人生，则是人生之境界了。人生于天地之间，生于宇宙之中，本身不是一个孤立的存在，总有某种终极意义将个体生命通融于群体生命乃至宇宙之大生命，才算把握了生命之本质。一个人活在世上其终极意义不是私欲之膨胀，而是对道统、对文化之关怀与体认。这种体认成为荆竹杂文随笔与学术自由品格之依据。20世纪90年代以来，由于市场经济的不断扩张，文化事象斑驳陆离，杂象丛生，许多知识人与现实格格不入，不知所措，社会变得虚假、浮漂、零碎……这样的大环境让荆竹意识到有一颗独立自由品格的心灵非常重要，于是他撰写了与胡适、钱穆、熊十力、马一浮等一批学人相关的杂文随笔，记述分析他们以一种无私无畏的精神担当挽救中国文化的使命，敢爱敢恨敢说敢骂，将学问与背后的人融为一体，在学问人生中透出精神的气息。荆竹推崇彼一时期的文人生活，并从中确认那个年代文人集体生命的重要因子应该继续在华夏大地上播撒下去。这一庄严的文化使命感对一个作家而言尤为珍贵。

身处20世纪八九十年代的中国改革开放时期，诸多文化现象之解读皆众说纷纭，莫衷一是，大多文化学者都是通过解读当时的社会文化现象，来认识世界万物，演绎宇宙人生无量数之面相，荆竹的杂文随笔其实是解读同时期社会与文化现象之延续和变奏。可以想见一个长期从事文艺学研究的学者坚持写社会时评文化随笔的状态。在此也有必要进一步在更宽广的历史语境中彰显20世纪八九十年代以来荆竹杂文随笔与文艺美学研究的现世意义和典范价值。


## 第二节　审美感悟：文艺美学的思考片段

作者几十年杂文创作中关于文化、关于文艺美学、关于知识分子和近现代学人的思考片段正是荆竹《智慧与觉醒》《学术的双峰》等著作成书的储备过程，经由日常零碎杂文的片段思考而系统整理终成学术专著，这在中国杂文界都是独树一帜，这样的研究和著述过程非常符合基本的学术研究路径。

在讨论荆竹杂文作品时，不能不首先论及其文艺美学研究的基本概况。在当今文艺美学研究领域中，人类学美学或艺术人类学已成为世界性的学术前沿课题，荆竹的文艺美学专著《智慧与觉醒》，凡30万字，立足人类学学科背景，分别从文化认知与艺术奥秘、文化觉醒与生命体验、艺术智慧与思维机制、文化支点与艺术个性等几个方面与多个范畴关系进行了较深入探讨。荆竹在该书序言中说："提出文化觉醒，就是要增加历史含量，要深入揭示思想、情感、美学趣味和整个世界图景背后的意义，分析它所象征的文化传统的深层结构的变化和文化心理积淀的层次，解释和证实作品形式表现结构的单纯因子与它所象征的文化意义内涵的关系。……我在研究时常常大感意外，或者发现通行说法不合实际，或者发现貌似小事背后大有文章，于是便捡了几个问题，写成断断续续的文章。这些文章虽微不足道，但却像一砖一石。我想，建构宏伟大厦总要从一砖一石砌起，要不然，至多是一张蓝图而已。就是这一砖一石，也投入了我这些年的全部业余时间。其他的爱好与社交全都放弃了。"[1] 该书出版后，美学家、中国美学学会副会长、复旦大学博士生导师郑元者教授撰文评价："把艺术与文化的发展归结为艺术智慧与文化觉醒的历史过程，可以说抓住了理解和研究艺术问题及其文化问题的精神实质，颇具学术价值。尤其难能可贵的是，该书作者在注重艺术智慧与文化觉醒的历史过程的同时，还注重从生命体验和人生的感性形式方面出发对艺术美学问题作出内化的把握和体察，这就避免了就艺术论艺术，从形态到形态的研究套路，从而使艺术美学问题的研究增添了应有的生气和灵气。"[2]

1  荆竹：《智慧与觉醒》，宁夏人民出版社，1994年1月，第4页。

2  郑元者：《关于荆竹的〈智慧与觉醒〉的一点感想》，《青年生活导报》，2001年8月1日；《宁夏文艺家》，2001年8月15日。

当下的文艺美学由问学思路逐渐形成本土建制，其摆脱僵化、内外调适、特质建构的意义异常鲜明突出，在文学、艺术与美学领域内的影响巨大。从郑元者教授的评价可以看出荆竹在文艺研究中很重视人的生命体验与艺术美学问题的把握、体察与艺术感悟，从具体实在的审美范畴出发展开艺术美学探讨。此种学术路径对促使以文艺美学为主要研究对象的文艺理论与文艺批评的文本研究是具有学术意义的。

荆竹对美与审美相关的探讨颇有说服力，思考并结合此一理论问题写了大量的杂文随笔，如《忧伤的灵魂》《张扬主体精神与自我个性》《经典的缺失》《精神家园在哪里》《歌德的原发性情感爆发》《卡夫卡的中国文学情结》《马尔克斯的文学姿态》《灵魂深处的"打击"》等。荆竹认为，人类几千年来对美的本质的追问，并非因为人类某种执着的纯粹的学术精神使然，而应该缘于人类生活本身之需要。故它更加赞同艺术家们从人类生活实践之角度对美进行界定。因为美在文学家、艺术家们的心中，是一个个鲜活的生命，是一个个神经细胞、甚至与自己整个生命联系在一起的亲切而又神圣之存在。"审"指的是人的仔细思考、反复分析与推究，是对事物的美丑作出评判之过程；"美"是可供人"审"的对象。由此可见，审美是人的一种主观的心理活动，是人根据自己的态度、眼光、要求给予事物的看法，因此审美具有很大的独特性。但是，审美也绝非偶然随意的，这是由"审"之对象"美"所决定的。审美活动是人类理解世界之一种特殊形态，在审美过程中，人类的理智与情感、主客观认识、理解、感知与评判皆参与其中，从而使人与此在世界（社会与自然）形成一种特殊关系。人类为什么要通过审美这种形式来理解世界呢？荆竹认为从整个人类来说，这是人类追求真理、追求发展之动力与任务使然，因此可以说，背离审理、违背人类发展规律的审美，是不会站稳脚跟的，并最终将会从审美现象中被踢出去。人类的审美目的当然不能一概而论，不同时代、不同文化环境的审美目的与审美旨趣亦不同。

　　荆竹在文艺理论方面的探究主要是把艺术的审美体验看作是其全部文学艺术认识论的一块基石，它是人与外部世界关系的最直接之体现，与艺术生命之范畴密不可分，他还写了大量的文艺理论批评专论，如《维根特斯坦"治哲学病"的药方》（《塞上文谭》1994年第1期）、《论审美体验与艺术踪迹》（《朔方》1999年第1期）、《评卢卡契关于社会存在的本体论》（《塞上文谭》1995年第4期）等。审美体验从艺术经历而来，它不仅与艺术经历一样具有直接性，而且还表明，从直接性中得到收获，是直接性留下的结果。审美体验是从艺术经历中获得延续与意义，审美体验是艺术史认知的基本细胞。既然精神科学是关于精神世界或历史世界之知识，那么，审美体验在这个知识之中就是最基本的基础。所谓从人类生命本身去认识艺术生命，在此，荆竹认为审美体验是艺术认知的关键，它把内部世界与外部世界结合在一起，人只有通过对人与外部世界、人与人之间的交互作用的体验，才能得到正确的认知。在这种文艺美学学术背景下，荆竹创作了一系列学术性的杂文随笔，如《创作要建立一种生命哲学》《走出乌托邦的迷宫》《渴望爱情》《文学的永恒》《"得意忘言"与"得言忘意"》《人类精神之灯》《诗的彼岸》《我的批评观》《审美与人的自觉追求》《审美起源之本能说》《审美机能》《审美价值认识》等。审美体验的范畴在荆竹的学术脉络与文艺学中得到极力倡导，它与人类历史一起，成为荆竹美学精神思路之核心。在他的美学研究中，赋予了审美体验以一种特有功能，贯穿其整个文艺学研究之中，这成为作者走向审美体验之维的文艺美学之核心内涵。

## 第三节　精神历程：近现代知识分子学术传统

在宁夏作家中，荆竹对中国文坛乃至人类精神境况的关怀及其理论视野的开阔是走在前列的。其杂文随笔的主题紧紧围绕20世纪中国知识分子人文学术传统来进行，这从很大程度上再现知识分子群体的精神历程。在1997年后三五年间，荆竹创作了《读〈冯友兰选集〉》《读〈吴宓与陈寅恪〉》《顾准的思想遗产》《顾颉刚与胡适》《熊十力与马一浮》《钱穆的朋友》《钱穆的文化学术生命》等近现代学者随笔，另外《灵思激活历史》（《宁夏文艺家》2007年3月5日）一文对杂文家牛撇捺的随笔集《借党项人说事》一书评述研究。作者以冷峻的理性和充沛的人文意识关注近现代乃至身边的学者、作家，体现了作者强烈的文化批判意识和理性审视的态度。在作者笔下，陈寅恪、钱穆、胡适、顾准等近现代知识分子学人留下的言行轨迹已积淀为民族与时代的文化症候和文化心理、文化生命的建构，显示出民族文化再创造的艰难历程，同时也彰显了文化创造者的思想性格和精神历程。

经过长期的系列研究和思考，作者最终选择陈寅恪和王国维作为专门研究，专著《学术的双峰》主要对陈寅恪"诗文互证"的学术理路、学术渊源、学术思想、学术成果以及治学精神、治学特点、治学方法、治学范围和王国维的文艺美学思想、中国古史、古器物、古文字以及安阳商朝之甲骨、敦煌之汉魏简牍、千佛洞之唐宋典籍文书及其治学路径等方面进行了学术爬梳、考辨与评价。荆竹说他在1995年阅读了陆键东的《陈寅恪的最后20年》一书后，感到非常震撼，认为所有人有必要了解当时中国知识分子的特殊处境，才能真正懂得这篇文献的历史价值。陈寅恪是敢于承担人类良知的一代知识分子，他活得无比崇高。他在生命的最后20年，可谓真正完成了一个有尊严学者的人格造型。他是中国学人中的学人，以热血与生命践履了"独立之精神，自由之思想"。这是一个学人之所以为学人的风范之所在，如此崇高的人格，在中国百年学术史上洵属罕见。这就是荆竹为何选择陈寅恪作为研究对象的动因。因为研究陈寅恪，从中发现陈寅恪与王国维在学术上有许多相似性与内在关联性，是属于"你中有我，我中有你"的两位学人。故在研究了陈寅恪以后，他又接着初步研究了王国维。这两位大师在各自的研究领域中，皆为中国的学术事业作出了开拓性的杰出贡献，因而在国内外学界享有很高声誉。王国维是20世纪中国百年学术史上第一人，陈寅恪是20世纪百年学术史上学人中之学人。陈寅恪在1927年撰《王观堂先生挽词序》中称王国维与文化"共命同尽"，这不仅破译了王氏自沉之灵魂密码，而且也是陈寅恪自己终身为之不屈不挠、不渝不悔的学术人格宣言。在20世纪百年学术史上，王国维与陈寅恪是两尊学术的丰碑，是两座后世难以企及的文化学术宫殿。只有这两位大师才能平起平坐、并驾齐驱。正是源于此，荆竹选择了两位大师作为专题研究。

在研究此两位学术大师之余，荆竹也在思考其他学者的人文学术思想和价值，随时撰写成杂文随笔。如《钱穆的学术人生》《吴宓的学术灵魂与生命之托》《吴宓与清华国学研究院》《王国维与梁济的文化苦痛》《陈寅恪叹疾：陈家医道不传矣》《陈寅恪对人参与凤仙的解读》《章太炎的学术人格》《黄季刚与章太炎》《顾颉刚与熊十力》《陈师曾其人其事》等数十篇文章，对梁启超、赵元任、郭沫若、董作宾、李济、商承祚、梁漱溟、冯友兰、胡适、马一浮、杜国庠、钱钟书、贺麟、顾准等先贤逐一进行了学术梳理与评价。这类杂文透露着学者特有的鲜明个性、深厚学识、深刻的反思和独具魅力的语言风格，重在探寻20世纪学者及当代作家的人格基因和精神历程，以此为呼唤和挖掘20世纪中国人文学术传统而作出主观的努力。

由零散的杂文随笔创作延伸至专题研究，并由专题研究著书立说，由此衍射到相关专题其他问题的杂文随笔创作，荆竹在学术研究和杂文创作之间达到了相得益彰的平衡。荆竹对中国文化的深入思考、对文艺美学的研究及对中国近现代学者文人学术传统的梳理考量是他为中国杂文留下的宝贵精神财富。他的杂文随笔写作思路与文艺学研究思路并驾齐驱、与百年中国学者内在的精神历程并行不悖。20世纪八九十年代的文艺研究中对艺术造型的审美阐释的文学思路，重新复兴了百年文艺研究中的美感活力与人的生命及审美体验等多方面的研究维度，荆竹的研究思考和创作成果即融入其中。荆竹杂文随笔涉猎的文艺研究打开了新的学术想象空间，促进他对审美活动的全面深入理解，体现了他相关学科的人文情怀。总体而言，启蒙沟通、文化批判、审美新解与人文情怀是荆竹的杂文随笔及其研究的主要贡献。

其繁盛的情态，思想的
自由，大有魏晋建安文学之
风，这无疑对宁夏文学的发展
有极大的推动作用。

——第六章

# 第六章
## 横槊赋雄诗：牛撒捺与宁夏文化生态

1 张碧迁，吴春霖，马小军：《名家齐聚塞上 论道新时期杂文》，《杂文报》2014年11月28日。

在宁夏杂文作家群中，牛撒捺以其持续不断的创作成为宁夏杂文的领军者。"宁夏杂文的发展与繁荣与宁夏的文化、文学事业从来都是同频共率的，是一个有机的整体，宁夏文学有张贤亮，宁夏杂文就有牛撒捺。"[1]如果张贤亮是宁夏的"文化名片"，那牛撒捺就是宁夏杂文的耕耘者、维护者，宁夏杂文之所以呈现出良好的文化生态，与牛撒捺密切相关。

　　牛撒捺，1957年7月16日生于甘肃兰州。毕业于兰州大学历史系。副研究员，中国作家协会会员，宁夏杂文学会会长。曾任宁夏回族自治区党委宣传部副部长、宁夏电视台台长、宁夏新闻出版局局长、宁夏广播电影电视局局长、宁夏新闻出版广电局党组书记，兼任过宁夏社科联副主席、宁夏记协副主席、宁夏政协常委等。20世纪80年代至今，他在从事行政管理工作的同时笔耕不辍，致力于社会学、历史学研究和杂文创作，相继出版了《中国人的宰一刀》（1994年），《中国人生气了》（1996年），《中国人的精神世界》（1998年），《非理性中的理性》（1998年），《意识荒草》（2001年），《冒烟的石头》（2003年），《拟谏官文化》（2004年），《犹抱琵琶》（2005年），《谁能牵猫散步》（2006年），《借党项人说事》（2007年），《针尖上跳舞》（2008年），《枕着唐诗梦游》（2009年），《倒提笏板》（2010年），《半睡半醒》（2013年），《蒙眼摸象》（2015年）等十余本杂文著作。2012年，《牛撒捺文集》八卷本出版。文集编者依出版或创作时间顺序

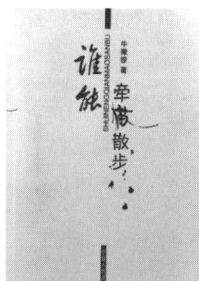

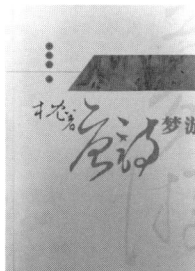
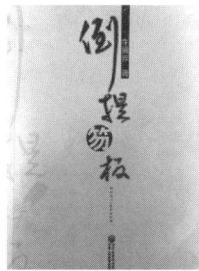

将作者的各类作品重新汇辑编目、校勘整理，按主题分类，编为八卷，包括《民族情怀》（卷一）、《中国精神》（卷二）、《意识荒草》（卷三）、《犹抱琵琶》（卷四）、《历史碎片》（卷五）、《倒提笏板》（卷六）、《昨夜西风》（卷七）、《文化尊严》（卷八）。该文集的出版集中展现了作者近三十年的创作成果，实为宁夏新闻出版业一大盛事。因其杂文创作和培养宁夏杂文作家的强大影响以及对宁夏杂文事业的贡献，2013年3月，由《杂文选刊》杂志社社长刘成信主编的《中国杂文（百部）》[1] 将《牛撇捺集》置于卷一出版，这对宁夏杂文界是莫大的鼓励和奖掖。宁夏杂文的兴盛也正因他的积极倡导和大力实践而在中国杂文界有了一席之地。

　　作为将创作当作一种人文修养，也当作批判现实、针砭时弊以期达到个体内心与人格理想融合境界的作家，牛撇捺的作品是为一个时代见证，更是为一个人的心灵见证。在现代社会中，依然持有知识分子良知和风骨的作家自觉创造关于人及其时代环境的思想，他们心系江山社稷，苍黎民生，也从不安于现状、向命运和现实低头妥协，即使已经被定位在社会体制的某个环节上，也在坚持呐喊呼告，文字成为他们最为有力的声音和最为直接的表达。

1　刘成信主编：《中国杂文（百部）·卷一·牛撇捺集》，吉林出版集团有限责任公司，2013年5月。

## 第一节　当行本色：作为公民责任担当的现实批判

杂文是作者在思想文化领域进行民族批判、社会批判和文化批判的重要文学形式，中国现代杂文从思想革命和文学革命发展至今，已有百年历史。在特定的社会体制下，杂文家们长期受到与之相一致的民主政治的培养，身处一段较长的国家和平局面，他们力图站在社会的不同层面，或从较高的决策层或从民间的底层，整合自己的人格特质和知识构成，尽可能多地发出不为政治权力左右的声音。牛撇捺三十多年的创作中，杂文占有最大比重，编辑成集的作品大多是杂文集，其杂文创作可谓当行本色。

牛撇捺杂文是当代社会思想和社会生活的艺术记录，是世纪之交宁夏甚或中国的百科书，他的创作以及他作为宁夏杂文学会会长团结组织鼓励杂文学会作家创作、交流、出版文集的行为，影响和造就了一批区域杂文作家。到目前为止，八卷本的《牛撇捺文集》是收录牛撇捺作品最全的一套文集，该文集收录了牛撇捺从1986年到2011年之间千余篇作品，约二百万字。如果突破严格意义的文体划分藩篱而选择叙述的方便，八卷文集中《民族情怀》《中国精神》《意识荒草》《犹抱琵琶》《倒提笏板》为杂文集，《历史碎片》为历史随笔集，《昨夜西风》为诗歌散文集，《文化尊严》为学术论文集，八卷各有侧重，自成体系，又相映生辉，体现了牛撇捺早年即持有的从提高民族素质、完善国人精神的高度和深度进行社会批判和人性关怀的文学理想和史家情怀。

杂文家通常是具有批判精神的，收进文集的几百篇杂文无不彰显着知识分子勇敢的责任担当和真诚的批判精神，这种批判秉承

"五四"时期鲁迅开创的杂文精神，从当代社会现实切入，联系实际，革故鼎新，激浊扬清。像所有诞生成长于20世纪的先进知识分子一样，牛撇捺把自己的创作同历史变革时期的国运民瘼自觉联系起来："我写杂文的目的，是为祖国的民主、文明与富强进言，为改变社会的沉寂与落寞呼号，为革除现实的弊端呐喊。"[1] 正是秉承这一创作理想，作者认为他的杂文"是健身的标枪，是疗疾的手术刀，是对付破坏文明者的芒刺"。[2] 读者可以发现，民主、公正、人道、自由是回响在牛撇捺杂文世界的主旋律，其刀箭始终坚定不移地投向一切专制、特权、愚昧。早在20年前，出版《中国人的宰一刀》《中国人生气了》《中国人的精神世界》等著作时，作者已经表明自己"意欲涂出一个'中国人系列'"[3] 的心愿，经由文化改造人，改造生命，改造民族，青年时代的作者无疑就坚守这样的立场，其早期杂文收入文集时编者最终取名为《民族情怀》《中国精神》亦与此初衷不无关系。其后的《意识荒草》《犹抱琵琶》《倒提笤板》则以更为成熟稳健的笔锋"尽一份国民的本分，负一份知识分子的责任"，"自觉不自觉地、自愿不自愿地思索着、写作着"[4] 即使时过境迁，作者所进行的文化批判可能随着时间的推移不再具有现实的针对性和指导意义，但其匡正时弊、鞭挞丑恶、张扬正义和理性、"排除传统文化、传统思维模式形成的思

1　牛撇捺：《牛撇捺文集·昨夜西风（卷七）》，宁夏人民教育版社，2012年3月，第397页。

2　牛撇捺：《牛撇捺文集·昨夜西风（卷七）》，宁夏人民教育版社，2012年3月，第397页。

3　牛撇捺：《牛撇捺文集·昨夜西风（卷七）》，宁夏人民教育版社，2012年3月，第396页。

4　牛撇捺：《牛撇捺文集·昨夜西风（卷七）》，宁夏人民教育版社，2012年3月，第391页。

1 牛撇捺：《牛撇捺文集·昨夜西风（卷七）》，宁夏人民教育出版社，2012年3月，第391页。

2 牛撇捺：《牛撇捺文集·昨夜西风（卷七）》，宁夏人民教育出版社，2012年3月，第392页。

3 牛撇捺：《牛撇捺文集·中国精神（卷二）》，宁夏人民教育出版社，2012年3月，第9页。

4 牛撇捺：《牛撇捺文集·昨夜西风（卷七）》，宁夏人民教育出版社，2012年3月，第270页。

5 牛撇捺：《牛撇捺文集·昨夜西风（卷七）》，宁夏人民教育出版社，2012年3月，第424页。

想障碍、意识障碍"[1]的批判精神以及"作为公民心灵史的史料，仍有保存价值"。[2]

笔者一直较为看重作者初版各书的前言后记，这些文艺小品文流露的是作者的真性情和不同阶段的创作心态，用作者的话说，是"太阳底下的心灵剖白"，[3]或者说是杂文家的心灵轨迹。透过这些文字，读者能真切地体味到作者在各个时期对自己创作的反思、总结，不同时期对杂文、对文学、对生命的认识。只有从事行政工作而不失理想和赤子之心的人，才会念念不忘"时下的中国，也特别需要杂文家，需要他们鞭笞腐败，挞伐丑陋，冲刷污秽；需要他们登高呐喊，雷响鼙鼓，警醒国人；需要他们为政治的清明，为社会的文明，为国家的发展奔走呼号"，[4]也正是对生活对创作持有严谨认真的态度，牛撇捺才会不断反思："杂文是一种较难驾驭的文体。在短短的千儿八百字或者一两千字的篇幅内，要表现作者尖锐、深刻、新颖的社会思想，要运用丰富、典型而鲜活的材料，要层层分析，抽茧剥笋；要条理清晰，逻辑严密；要富于激情，有故事性、文学性、幽默感、可读性。因此，小文章里有大乾坤。没有强烈的社会责任感、勇敢的社会批判精神，写不好杂文。"[5]而作者正是用自己几十年的创作实践承担着自己的责任，履行着自己的承诺。

在近几十年时代变换世纪交替这一历史转型

期，新旧事物的冲突，固有价值体系的崩解，人们长期赖以判断是非尺度的动摇迫使整个社会的情绪因此而游弋、焦虑、迷惘，骨性刚硬、理性批判的杂文无疑为民众的选择提供一定的参照或启示，为决策者和执政者建言献策，牛撇捺对民族对国家的热爱，对平民百姓的同情忧虑，对包括自己在内的知识分子命运的关心和反思，委实情真意切地以明确的是非之辩、坚定的情感态度满足了社会的期许。牛撇捺杂文的观点和思想内核令大多数有良知有风骨的公民为之共鸣，不是所有人都敢于"倒提笏板"、为民请命、在公众场合慷慨陈词讲出来，并且几十年执着坚持，而牛撇捺杂文的文化意义和可贵之处恰在于此。然而他的杂文通常不是剑拔弩张锋芒毕露——这与杂文的现实环境有关，也和作者宽厚温和的创作状态有关。这并不是说这些杂文立场模糊，语焉不详，相反，其杂文理性、真诚，于平易中见深邃，于淳厚中寄寓着执着的人生思考和坚定的批判立场，他呈现出的高远思想境界是宁夏杂文的骄傲，其杂文对人性善恶、历史得失、社会现实作出理性的认知，并在超越意义上赋予文学的批评和关怀，这是宁夏杂文与全国杂文同呼吸共命运的见证。

## 第二节　史家情怀：出离历史范式的个体空间建构

牛撇捺在20世纪80年代初期毕业于兰州大学历史系，史学意识、史家情怀贯穿其创作始终。丰厚的历史素养促使作者以基本的历史事实为躯壳，将历史知识和理性思考融入杂文随笔的表达。与专业的历史研究不同的是，作者抛开历史研究或散文创作的"规范"，将其作为专业研究之外的另一种自我表达或关注现实的形式，从而完成了作家个体在历史和现实之间的独特建构。这种创作散见于文集各卷的杂文作品中，也集中体现在以《历史碎片》为代表的历史随笔里。

20世纪90年代，作者陆续创作了《我们今天怎样对待历史》（卷一）、《历史的另一面》、《历史惯性说》、《历史的宽容性》（卷二）表达自己的历史观，也不断重温历史事件、阅读历史人物著作以抒发作者的阅读感受和历史情怀，例如：《刘罗锅〈石庵诗集〉引出的话题》、《柳开〈代王昭君谢汉帝疏〉的杂文地位》、《读〈历代名臣上皇帝书〉》、《柳宗元的"公仆"观》、《以杂文写真的历史》（卷三）、《感悟何绍基的四语》（卷六）等。在这些文章中，作者不注重将叙写对象作为一种历史存在的具体过程再现，也不着力于史料的引证和历史细节的考订，甚或或多或少存有历史知识和史料考证的欠缺，其注重的是创作主体的感悟想象和思想性穿透："对于何绍基'四语'之论之取舍，窃以为，可以谅解，可以理解，但不予效法。知识分子是社会的良心，对于社会应当有一定的担当。如果遭遇一些挫折，一朝被蛇咬，十年怕井绳，不管社会出现何种病象，都不敢去观察去思考去议论，不敢予以揭露、抨击并提出疗救的方法，那是知识分子的失职。这肯定是不可取的。"[1] 这样的表述彰显的正是历史随笔不可或缺的主体郁然的史家情怀。

除杂文创作外，作者对历史随笔的创作也可

1 牛撇捺：《牛撇捺文集·倒提笤板（卷六）》，宁夏人民教育版社，2012年3月，第235页。

谓是情有独钟，文集《历史碎片》一卷收入的是2007年、2009年分别结集出版的《借党项人说事》和《枕着唐诗梦游》两个单行本。《借党项人说事》是作者阅读宁夏社科院研究员韩荫晟所编的四百万言的九册丛书《党项与西夏资料汇编》之后创作的一本历史随笔集。作者带着浓厚的历史兴趣和历史情结，阅读党项及西夏史料，从党项人之事或与党项人有关的人与事入手，展示历史演变，剖析世道人心，观照社会现实。借用古人甚至是消失了的民族来说今天的事，通过党项人、西夏人的正史、野史、逸闻、趣事借古喻今，卒章显意。显然，作者的视角不是政治的，不是学术的，也不是艺术的，很坚定，仍然是一个杂文家的视角与眼光，表现突出的仍然是杂文作者的激情、激动与一吐为快的急迫："我从中看到的，不是国家的兴衰，朝代的更迭，不是时空逻辑，历史规律，而是一些文明的碎片，是历史的局部与细节……透析这些历史现象，对于现实生活是有参照、观照、干预力的，人们可以从中有所参悟，有所借鉴。"[1] 编者将该卷定名为《历史碎片》，亦意在于此。《枕着唐诗梦游》的创作初衷和创作方式与《借党项人说事》基本一致。作者自2007年下半年开始重读《唐诗三百首》《元曲三百首》《诗经》等，揣摸唐朝诗人们关于政治、社会、伦理、人生等方面的思想，捕捉唐朝诗人的自由心灵瞬间的感觉与记

1　牛撇捺：《牛撇捺文集·昨夜西风（卷七）》，宁夏人民教育出版社，2012年3月，第411页。

录，审视他们的世界观、价值观、人生观，以期找到一些历史借鉴与人生借鉴。作者感受更深的是诗人们的失意、落魄、贬官、流放，是他们的借酒浇愁、诟病读书、向往归隐的无奈，是诗人虽身处逆境，却依然"居庙堂之高则忧其民，处江湖之远则忧其君"的士子精神。作者读唐诗，每每有引古自伤的情绪，但这种情绪转瞬即逝，久久萦回字里行间的是对唐代官员诗人、布衣诗人丰富社会阅历的艳羡，是对他们自由心灵由衷的敬佩。

这是一种深刻的文化反省意识，是对本土历史和民族经典的回归与再思考，或在历史事件回溯中感叹朝代兴衰，或在对古典诗作的探寻品鉴中思考知识分子的使命和命运，同时强调作者的文化思考和个人体验对历史事件、历史人物和古典诗歌的主观渗入。这些作品无疑结合了作者的文化关怀和个人感受，文字表达的生动个性随之显现。作者疏离狭窄的私人化写作，基于普遍的人类精神和人文情怀，在一个较有高度的文化基点上，以历史事件、史实梳理和诗歌品读的方式体悟观照现实社会和内在心灵的生存图式，既有学理知识的渗透，也使其创作具有特别的思想深度和情感厚度，在感性和知性的双重作用下，抒发审美化的人文意义和史家情怀。

纵观牛撇捺创作，读者可以感受到作者是用全部身心和学养与历史对话，与现实对话，无论是杂文的批判精神还是历史随笔的人文关怀，无不在洒脱的行文中扩散着某种心理张力，体现着作者的精神深度和知识学养。诗人的激情在笔端涌动，学者的理性涵养着思想的厚度，激情令其作品洋溢着爱、率性和真诚，理性则抑制激情的夸张和倾斜。在激情与理性之间，在诗人与哲人之间，作者一直在寻求一种雅正和平衡。

## 第三节　学术守望：边缘理性的自觉和良知

　　牛撒捺是一位杂文家，也是一位学者，他多年立足学术自觉的读书写作保持着开阔的文化胸襟和理性良知。学术思想是一种精神之光，特定时代学术精英的活动往往蕴藏着超越特定时代的最大信息量，成为一种理性通明、引领精神走向的前瞻性思考。杂文创作的现实批判深化了作者的人文思考和独立意识，从而提高其政治思想和理论修养，历史专业的研习浸润和滋养了作者的人文情怀，在行文严谨、思考平实的背后，不无作者一生孜孜追求的学术理想和文化坚守。

　　颇有意味的是，他一直戏称自己是个"边缘学人"。从大的社会环境来说，国家权力和资本市场在现代社会的绝对力量渗透到知识的生产和传播，逐渐让独立的学术研究失去了自主性地位，趋向边缘；从个体学者的角度来说，这仿佛又是作者的自谦自况，个体自发自觉的学术研究所拥有的话语权毕竟有别于以高校及科研院所为核心载体的学术社群和文化空间，而处于边缘。作为一名行政管理工作者或一位作家，将学术研究作为业余爱好，也许可以对研究成果多一些宽容，但毋庸置疑的是，作者关于现代政治学、西方经济学、公民政治参与、民主自由建设等一系列问题的研究，充分显示了一个具有现代公民意识的知识分子试图通过言论和知识的力量重新整合个体诉求与现实社会之间的制度化平台，以期最终建立健全的公民文化和民主政治的学术路径。

　　早在1991年作者就探讨过《"学术思想错误"这一命题》，呼吁"正常的学术意义上的自由争鸣"，而不应把"学术问题当成政

1　牛撇捺：《牛撇捺文集·中国精神（卷二）》，宁夏人民教育版社，2012年3月，第105页。

2　牛撇捺：《牛撇捺文集·昨夜西风（卷七）》，宁夏人民教育版社，2012年3月，第279页。

3　牛撇捺：《牛撇捺文集·昨夜西风（卷七）》，宁夏人民教育版社，2012年3月，第398页。

4　牛撇捺：《牛撇捺文集·昨夜西风（卷七）》，宁夏人民教育版社，2012年3月，第399页。

治问题"。[1] 作者也坦诚自己"更崇拜思想者，更崇尚思想成果，所以更看重论文"，[2] "在当作家和做学者之间，我更倾心后者"。[3] 作者也在不同场合撰文提倡成立学会、沙龙，以便于学者、作家们互相切磋琢磨、进行思想交流。作者真诚而忠实地守望着学术研究的园地，在1998年出版了论文集《非理性中的理性》，并视之为"人生和学术之旅中的一次必要的休整"，"也可以看作一次冲刺"。[4] 此次编选文集，卷八《文化尊严》收入了《非理性中的理性》一书的全部理论文章和作者近十年间的理论研究成果。这些理论文章既有对现代政治学、西方经济学、马克思主义中国化时代化大众化的研究思考，也有对王阳明思想的合理成分、资产阶级爱国主义者容闳的爱国活动、臧克家的诗歌形式观等问题的探讨。作者文笔平实，立论严谨，视野开阔，充满文化的使命感和政治的清明思考，也饱含杂文批判的犀利眼光。本职工作要求的意识形态自觉也使他常常正面思考许多切实的理论问题，譬如《西部地区发展中亟须解决的几个认识问题》《消除改革的历史阴影》《关于延安精神的几个问题》和《关于我区理论队伍建设问题的浅见》等。卷八开卷之作——1989年的《强化国民的政治参与意识》，1990年的《论公民政治参与的制度化》，文集压卷之作——2010年的《论文化尊严》都与民主政治建设、学术文化建设有关，这或是编者的暗合，或是作者思维观念内在的隐秘一致——时隔近三十年，作者的学术坚守未曾改变。这些理论文章"从学科和内容上看都比较庞杂，但它记录着时代脉搏的跳动，记录着一个理论工作者在历史大变革时期的思索"。[1] 作者一贯"崇尚自由和独立精神"，力求"维护学术尊严，维护学者尊严"，进而形成"维护文化尊严、维护历史尊严、维护民族尊严甚至是人类尊严"的一系列思考，层分缕析，最终提出应该通过文化立法来使文化事业走向规范，走向理性，以切实保证文化尊严的实现。

　　除了收入卷八《文化尊严》的理论研究文章，特别要指出的是作为杂文家的牛撇捺在杂文创作的同时，也对杂文这一文体本身进行各个方面的思考研究，基于创作实践而进行的理论研究，更有直接经验和感受，也更显本色当行。八卷文集基本上是以各个阶段的杂文评论作为诸卷压轴。这些杂文评论，是杂文家的杂文评论，也是作者对杂文认识的轨迹。至此，读者可以看出八卷文集的重头是作者的杂文创作，但如果换个角度理解，杂文作为文学诸体裁中理性因素较强的一种，实际上属于体制短小的艺术性文化评论和社会评论，其思想价值在前面已经谈过了，如若考量其鉴赏价值，固然离不开文采、技法、作者的感性直觉，但却主要取决于作者剖析事理的逻辑力量，取决于作者智慧的锋利、敏捷，这

----

1　牛撇捺：《牛撇捺文集·昨夜西风（卷七）》，宁夏人民教育出版社，2012年3月，第400页。

种理性的力量同样体现在作者从事的学术研究活动中，而之于后者，作者多了的是一种恭肃认真的态度和客观严谨的精神，二者所需的内在一致决定其半生的创作、研究活动具有普适的学术价值，或者可以说八卷文集是以评论为主的广义的学术作品集。

从根本上作者认为杂文创作与历史上的谏官文化是一脉相承的，"我们的社会如果真有一批如魏徵般提意见的人，我们的决策肯定会更加正确，我们的执行会更加坚决和有效，我们的政治会更加清明，我们的遗憾会更加稀少，我们文明民主富强的步伐肯定会更快"，作者"高度评价与钦羡谏官文化"，[1] 虽然比谏官文化更有效的监督制约措施不多或者不明朗，但作者坚持杂文创作"同样有'谏上'的意味和意义，有影响制度和修正政策的意义。这是一种类似于谏官文化的文化"，"我写杂文，不只是在负一份知识分子的责任，同样是在负一份'食禄米者'的责任"，[2] 从这个意义上，作者以为"杂文又确实是历史，是当朝人写的当朝的'历史'，是被称为杂文家的一群具有钙质、血性、时代性、人民性、历史感、责任感的人，通过敏锐的观察、全面的审视、深刻的剖析，真实地记录下的当朝的思想史、社会史、政治史、经济史、生活史的片段"，"用杂文写历史，是我们的责任"，"我们能够用杂文告诉后人一部真实的历史"。[3] 在作

1　牛撇捺：《牛撇捺文集·意识荒草（卷三）》，宁夏人民教育出版社，2012年3月，第108页。

2　牛撇捺：《牛撇捺文集·昨夜西风（卷七）》，宁夏人民教育出版社，2012年3月，第405页。

3　牛撇捺：《牛撇捺文集·意识荒草（卷三）》，宁夏人民教育出版社，2012年3月，第343页。

者看来，杂文是一种谏官文化的延续，杂文是在书写真实的历史，杂文是作家真实的心灵史，这无疑体现了一名知识分子的现实关怀和人文追求的精神气度，也代表了作者颇具建设性的稳健扎实和严谨求实的学术姿态。

## 第四节　蔚然成风：开放的生命群体形成良性的文化生态

宁夏杂文近年来越来越受到广泛的关注，宁夏杂文学会出版了《二十一世纪宁夏杂文丛书》《枕边小品丛书》《湖畔随笔丛书》等四套共39本的丛书和《西北望》《思志》等十余种单本文集。作为个人文集，八卷本《牛撇捺文集》的出版从内容上还是规模上在宁夏也尚属首次。除了创作方面颇有建树，牛撇捺还是宁夏杂文活动的领导者、组织者，是宁夏杂文作家的发现者、培养者。在宁夏文艺界，从宁夏作协、宁夏社科联、宁夏记协，到宁夏期刊学会、宁夏杂文学会，在一定时期内他都处于领军地位。

牛撇捺在1992年担任宁夏杂文学会副会长，2006年担任会长、2017年卸任。担任会长期间，和朱世忠、于小龙、杜再良、白景森、闵生裕等一道尽情挥洒着他们的创作才情，也纷纷以宁夏杂文文坛领袖身份行组织玉成之功，团结集聚着一个文艺圈，构成一股特殊的文学力量，繁荣了西北边陲的一方文学园地。作为一个民间文学团体，宁夏杂文学会至今已举办过十几次杂文大赛，并在近年先后出版《思想的地桩——宁夏杂文新人作品选》《女或有所思——宁夏女性杂文作品集》《2013：宁夏杂文十人集》《二十一世纪宁夏杂文丛书》等大量会员文集和丛书。这些丛书和文集由牛撇捺担纲主编组织出版，作为民间学会出版规模如此之大在全国杂文界都并不多见。这样的凝聚力和影响力大约不亚于20世纪三四十年代的一份同人刊物和某个文艺团体，固然这个群体的组织形式完全是松散的、率性的、杂彩纷呈的。此外，"第25届全国杂文学会联谊会年会暨杂文的走向学术研讨会""杂文名家塞上行·新时期西部杂文创作高端论坛"等重要的杂文学会活动都在牛撇捺等的倡导组织下圆满成功。这些活动团结鼓舞了大批中青年作家投入创作，不断培养了新的宁夏杂文作家，也为中国杂文事业作出了不小的贡献。

在第25届杂文年会上，来自全国各省区的杂文家非常羡慕宁夏，他们普遍认为宁夏杂文的发展能有这么好的氛围，就因为有牛撇捺，牛撇捺引领了宁夏杂文也推动了宁夏杂文作家群的发展。他不仅自己坚持杂文创作，还鼓励宁夏杂文家多写杂文，支持宁夏杂文家多出文集。正是牛撇捺多年持续不断的创作和作为宁夏杂文学会会长的领导组织行为使宁夏文学界呈现出繁荣昌盛、积极活跃的面貌。宁夏杂文学会唯才是举，对新老作者礼遇有加，大家以文会友，轻松愉悦，相处甚欢，在从事创作、讨论作品及举办各类省内外文艺交流活动中，如宾如友，文学风气活跃兴盛，其繁盛的情态，思想的自由，大有魏晋建安文学之风，这无疑对宁夏文学的发展有极大的推动作用。可以说，因为牛撇捺，宁夏杂文作家群正在崛起，因为宁夏杂文，宁夏文学充满了勃勃生机和强劲动力。

牛撇捺礼贤下士，爱才惜才，他不断提携后进，鼓励青年作家多出精品坚持创作，支持他们出版文集，尽可能给他们提供出版便利，还亲自作序、撰写评论，对他们的创作奖掖赞许，评点指摘。一群热爱文学热爱杂文的中青年作家在他的周围成长起来，宁夏杂文学会的队伍也在他的引领下发展壮大，大有"周公吐哺，天下归心"[1]之势。他曾给邢魁学、暮远、朱世忠等写过评论，也曾给张建中、沈华维、闵生裕、岳昌鸿、杨建虎等作家的作品写过序言。笔者编选《牛撇捺文集》时，将牛撇捺为其他作家、学者写的序言、评论及为刊物写的发刊词、为电视节目写的专题评论等集中收入卷七《昨夜西风》中，据不完全统计，这类文章已逾50篇，还有诸多未收进文集的此类文章就难计其数了，例如，他和马河为闵生裕的《拒绝庄严》所作的序一、序二就有研究者认为："牛、马二序，再不可得也，绝类琴之广陵、书之兰亭也。"[2]此二序，当是牛撇捺和马河在创作的最好时期遇见与自己意趣相投的青年才俊，怎么能不挥毫泼墨深情揄扬呢？胡适说："社会送给我们一个领袖的资格，是要我们在生死关头上，出来说话做事。"[3]政治精英和文化精英可以有机结合，或者说是可以相互转化。以牛撇捺为代表的宁夏杂文家们秉持"五四"以来的人文理性精神，以一种永不满足于现状、不

1　王运熙，邬国平：《古诗一百首》，上海古籍出版社，1997年，第87页。

2　周颜礼：《心无措》，宁夏人民教育出版社，2014年5月，第246页。

3　胡适：《胡适文集（第十二卷）·学术救国》，北京大学出版社，1998年，第454页。

断怀疑、求证、批判与自由创造的精神，始终保持思维的活力和思考的能力，即使是在针尖上舞蹈，即使是一个人的批判。从事行政管理的杂文家们一边做好本职工作，一边借文字借杂文表达内在深层的自我，追寻人类精神的自由状态和生命的无羁状态，并且以自己的创作实践、宽广的胸怀和独特的人格魅力影响身边一群人为了内心的信念和知识分子的良知为社会谏言、为公众服务，大约这才是一个活的、健全的生命群体应该具有的精神状态。

牛撇捺杂文格调高迈，风骨遒劲，历史随笔融通古今，感慨遥深，诗歌散文独抒性灵，情采飞扬，学术论文考证严谨，理性思辨。唯理求实见真淳，杂文家的文笔生活与行政工作的勤政务实追求有了某种共同的契合，三十年爱好笔耕写作的理想追求与具体工作更加密切的结合使其作品内容充实，言之有物，不仅增加了读者对生活的理性认识，并警醒每一个人，特别是从事行政和文化工作的人们独立思考、清廉自守。作者半生的创作可谓苦心孤诣，"庾信文章老更成"，只有孤寂的求真求知之路才能通往独立精神、自由思想之境。

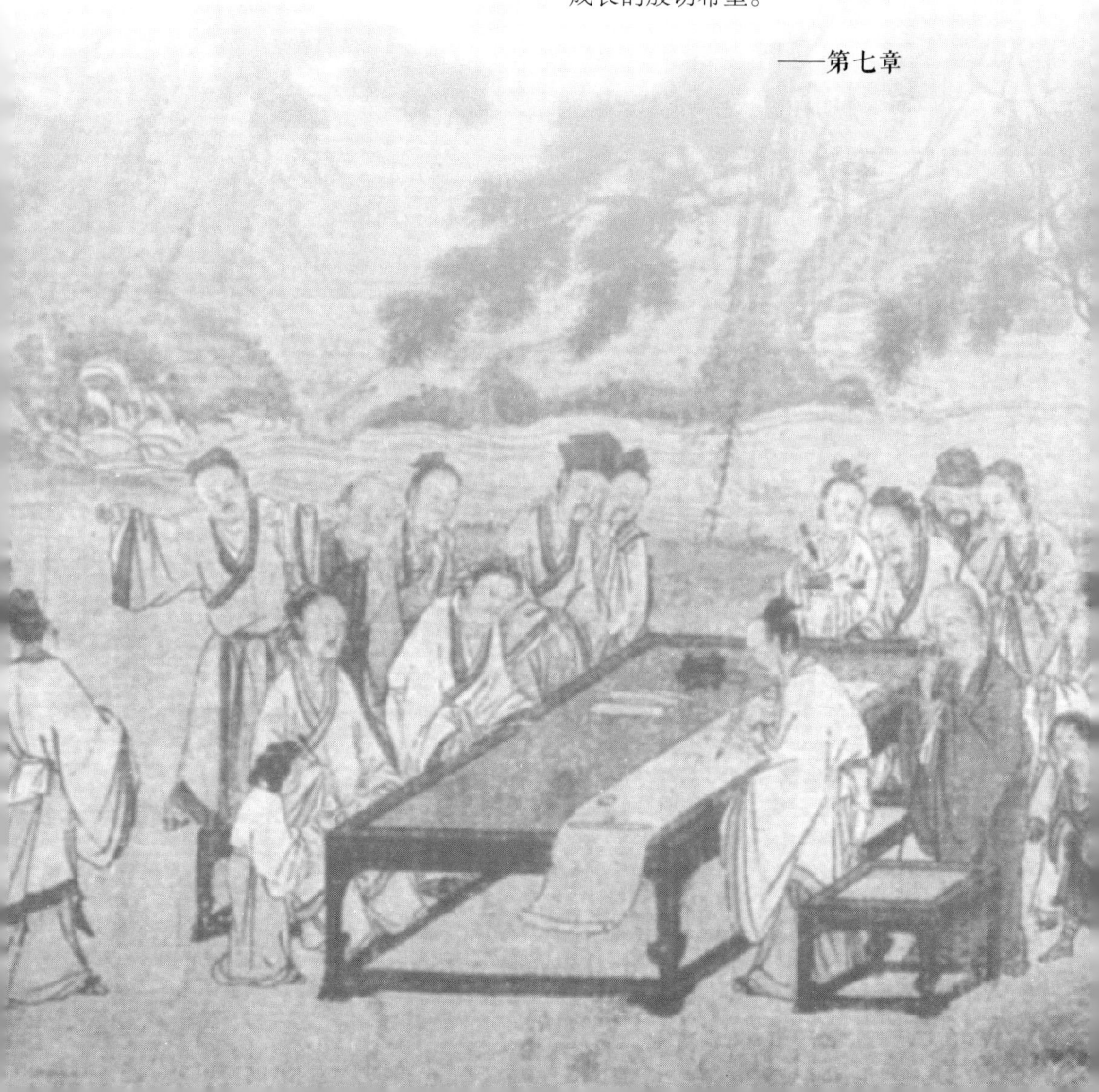

从各个方面来探讨国民素质问题，以知识分子的赤诚表达着对国家政通人和、文明成长的殷切希望。

——第七章

# 第七章
## 夜行者独语：暮远杂文对政治文明的追索

 

在诸多宁夏杂文作家中，从20世纪80年代开始创作、后来与牛撇捺并驾齐驱的是暮远、马河等。暮远一直保持了较好的创作水准，其杂文主要篇章是对政治现状、民主法制不健全的针砭与批评，也有不少文章谈到了教育和政治相互制约的各种弊端和不良现象。从这个意义上，暮远是一位能够深刻洞察社会生活的智者，以独到的眼光和理性的思考洞幽烛微地挖掘剖析了中国人人性愚妄的遗传"密码"。

暮远，本名杨钊，另有笔名山人、山狼，山狼之名意为"一匹来自北方的狼"，他1957年10月10日生于宁夏同心县。历任宁夏回族自治区纪委办公厅副主任，宁夏回族自治区地方税务局党组副书记、副局长，宁夏回族自治区总工会常务副主席，中铝宁夏能源集团公司党委书记；宁夏作家协会会员，宁夏杂文学会副会长。迄今发表杂文、随笔、散文400余篇。暮远在1987年就开始了杂文创作，作品曾获《杂文报》征文一等奖，并入选《中国青年杂文选》《全国中青年杂文征文选粹》《中国文坛新人集》。个人杂文集《夜行者独语》（1995年）、《告诉我们真的历史》（2000年）、《文明的成长》（2008年）等先后由宁夏人民出版社出版发行，其中《夜行者独语》曾获首届宁夏文学艺术奖三等奖。2007年宁夏杂文作品集《美丽的谎言也是谎言》中收录了暮远《以权力制约权力》《我们的责任》等杂文，2007年《杂文：宁夏十人集》收录了暮远《文明的成长》《善待生命的选择》《关键是领导》等作品。

暮远在20世纪80年代末开始杂文创作，他是宁夏杂文作者中在全国性杂文报刊如《杂文报》《杂文界》上发表杂文最多的一位，尤其在《杂文报》征文获得一等奖后很快蜚声区内外，其创作实力不同凡响。时任宁夏杂文学会名誉会长的张贤亮1995年3月在《夜行者独语》序言中说：

"我经常关心宁夏业余文学作者的作品，想从中发现一两个可以说是标志宁夏的文化和生活形态的作者，这在小说诗歌散文中很难找到，而在杂文写作中，杨钊即暮远，应该说是比较接近这个要求了。"[1] 也就是说，在张贤亮看来，暮远的杂文在当时已接近可以代表宁夏文化的水准了。

1 暮远：《夜行者独语》，宁夏人民出版社，1995年11月，第1页。

## 第一节　真的历史：民主政治和法制建设

暮远的杂文创作集中在20世纪90年代，他极为重视民主建设、反腐倡廉、法制建设等重大社会现实问题，且识见独特，立意高远，剖析深刻，而不是停留在表面社会现象浮光掠影的机械再现上。

在监察部门长期工作的经历使他可以大量接触官员腐败和违法乱纪的事实素材，反腐倡廉、呼吁政治文明就成了他的作品的主要话题。他的文章有深刻揭露政治腐败之根源的，如《腐败现象起因别解》《反腐败与监督机制》，有为民族和社会文明的成长担忧的，如《文明的成长》《谈劝酒》，有为教育中存在的问题和不合理现象奋力呐喊的，如《我们的责任》《不仅是孩子们怎么活的问题》，有对现实生活弊端和人性的劣根性报以愤慨和痛惜的，如《呼唤不再呼唤的爱心》《麻将桌上皆"君子"》。《腐败现象起因别解》中，作者认为腐败现象的起因，有法制不健全、新旧体制转换过程中的客观因素以及执法不严等等，但主观上的因素却容易被忽略：决策上不应有的失误，政策上的盲目性也是导致腐败产生的原因。作者剖析腐败原因，也在《反腐败与监督机制》《权力与监督》《舆论监督与有偿新闻》《为谁掌权让谁监督》《体制与监督》等反复强调监督的重要作用，

吴宣文在评论暮远的杂文时这样说道："纵观暮远先生杂文，不难看出，他始终聚焦在中国政治体制改革问题上，顽强不懈地表达着人民对政治清明的企盼。"[1] 作者也曾在《文明的成长》一书中的最后一篇文章《期待健全与完善的法治》里所指出："虽然我们今天的法治现状还远没有达到这一点，但我坚信，我们将来一定会走到这一步的。"[2] 暮远的杂文始终将焦点聚集在社会问题和不合理的现象上，并力图找到其根源所在和解决之道，表露出他对民主、法治深切的期盼，凭自己的真诚、正义与良知以及敢说、敢写的精神为民主政治和法制建设的健全振臂高呼。

无论是对政治现状的不满还是对社会丑陋现象的抨击，暮远杂文都秉承着杂文暴露与批判的理性精神。虽然其语言从杂文的文体角度来说没有过多匕首投枪式的辛辣和凛冽，相反是以一种相对自然平和的语言来表达自己的独立思想，虽

1 暮远：《告诉我们真的历史》，宁夏人民出版社，2000年3月，第3页。

2 暮远：《文明的成长》，宁夏人民出版社，2008年11月，第171页。

1  傅义正：《鲁迅序跋解读》，内蒙古文化出版社，2005年，第31页。

然没有鲁迅"乐则大笑，悲则大叫，愤则大骂"[1]的"率性任真"，但是在这平和自然之中并不妨碍其作品内容的深刻性，反而更流露出作者本人的通透、沉着。也正是出于这种冷静，使得暮远更善于抓住生活中小的一面去剖析、挖掘，从而深入到社会中大的一面，暴露其根源和本质。宁夏评论家王岩森在《暮远：热切关注本体生活》一文中对暮远的评价非常中肯："在这样一个刻意追求平和、中正、片面强调辩证、全面的时代，暮远的这种有棱有角、见情见性的袒露胸襟之作，自有一种独特的价值。可以说，杂文家以他们的胆识。以他们对我们国家与民族的挚爱与赤诚，创作了大量优秀作品。尽管有许多杂文未必能触动社会弊端一根毫毛，但他们疾恶如仇、崇尚美好的心灵，却为我们这一代人乃至后代人留下了宝贵的精神财富。"[2]

2  暮远：《告诉我们真的历史》，宁夏人民出版社，2000年3月，第341页。

## 第二节　观化听风：教化为先和务在举贤

批判与揭露是撩开社会疮疤以示世人，但这还不足以成为作者写作杂文的全部意愿，他们的根本目的在于从整体上净化社会环境，培育适合社会政治、经济、文化、道德、法律等肌体健康成长和发展壮大的土壤，有效改善社会综合环境，随时观察社会现实状况，希望看到良好的政治教化，稳步成长的文明，使国家形成健康、文明、规范、有序的有机整体，这也是国家长治久安的希望所在。

政治教化务在尊师重教，务在举贤纳才。暮远的杂文之深刻在于他不仅只关注现象的表层，而且会追根溯源对问题进行细入的探究，他在谈教育的时候就不仅是在谈教育，而是在说教育的同时又深入到对政治的批判，这便使得文章让人印象深刻且发人深省。他的杂文内容涉及不少关于教育的话题，如《说"父范"》《再说"父范"》《再穷不能穷教育》《家政的情形》《"教育"质疑》《不仅是孩子怎么活的问题》《教鞭》《我们的责任》《教师的地位》等。这些文章通过揭示教育中存在的不合理现象，以小见大，表面上虽触及的是当下的教育问题，但实质上是将矛头直指政界的一些丑陋现象。《"教育"质疑》一文立意新颖，见解独到，看似质疑"教育"实则质疑政府。开篇说道："我国是一个重视教育的国家。但如果把某些教育的作用看得过大，恐怕就不是一件好事情了。"[1] 作者笔锋一转，指出领导干部不能自觉正视自己的问题："思想上有抵触，不愿意说实话，或者想蒙混过关。"[2] 政策碰到现实而显现的尴尬也就导致了政策的变形，自纠自查变为了"通过自查自纠使领导干部受到一次廉政教育"这样一个动听的口号达到的"教育"效果，反而成为掩人耳目的形

1 暮远：《文明的成长》，宁夏人民出版社，2008年11月，第176页。

2 暮远：《文明的成长》，宁夏人民出版社，2008年11月，第177页。

1　暮远：《文明的成长》，
宁夏人民出版社，2008年
11月，第177页。

2　暮远：《文明的成长》，
宁夏人民出版社，2008年
11月，第177页。

式，没有实际作用，因为"没有问题的人，你不教育他，他也不会有问题，有问题的人，他大抵已经不愿接受教育了"。[1] 打着教育的幌子，不仅没能达到自我批判的实际效果反而更加掩盖问题的真相，作者告诫社会："查纠问题就是查纠问题，查纠的效果不管理想与否，都不能与教育问题混在一起。否则，我们的反腐工作就可能达不到真正的目的。"[2] 过分强调教育的作用和效果，反而适得其反。文章的落脚点仍然归于反腐，既端正了教育的位置，又披露了反腐工作中存在的问题。

教化和教育的目的是为了提高人的素质，使整个国家整个社会的文明程度得到提高。作者关注人才命运实为关注知识分子自身的命运，呼吁举荐贤能，敢于铸造自己的命运，但关键在于创造一个与之适应的人才生存发展的环境。治国之道，务在举贤，而谁来举贤，则是一个重要的问题。在《谈古论今话人才》一文中借电视剧《三国演义》曹操、诸葛亮唯才是举的共同美德借古喻今讨论人才问题，作者论述曹操为实现一统天下的抱负，三下求贤令，作《短歌行》表达了"山不厌高，水不厌深，周公吐哺，天下归心"、恐失天下之士的心声，正是他重视贤才，不拘一格，其周围谋臣似雨，猛将如云。诸葛亮治国之道是务在举贤，其奏疏《出师表》举贤荐能，言辞恳切，千古流传，他建议执政者识别人才，为充分发挥人才的作用创设"参署"机构，也使蜀汉政权仁人志士云集，形成强有力的领导集团。由古及今，作者感慨宁夏人才流失的现实，认为人才的获得，需有一个适合于人才成长发展的社会政治经济环境。事实上，我们所处的现实社会环境是既缺乏曹操诸葛亮这样求贤若渴的贤者，也缺乏尊重人才、适合人才施展才能的环境，因为我们身边还普遍存在着肆无忌惮地任人唯亲、压抑人才使之扭曲发展的事实。在《做人难》一文中，机关工作多年的朋友以自身经历现身说法，颇多无奈："有才能并不见得是一件好事。如你要尽力展示发挥自己的才能，不单同事会嫉妒你，设防你，暗地里算计你，就是上司也会看你是一枚酸的葡萄而莫名其妙压制你。但如果你强抑了自己的才能而装出一副糊涂虫愚钝鬼的样子，自然你注定会自食其果——同事和领导都会睁大眼睛对你说，你是一个无用的庸人。"如果有才能而不愿在周围树敌而又不甘愿作一个庸人，那办法就是："发挥自己的才能，但又不做那秀于林的树木；佯装自己是一个傻帽儿，但又不至于被人看作是庸才；让别人承认自己是个人才，又要他认为你这个人不会对谁构成事业前途上的威胁。"[1] 虽然这做起来太难。如果一味以环境不佳来推脱而一事无成也并不明智，在《"土壤"与"成才"》中作者强调："古今

[1] 慕远：《文明的成长》，宁夏人民出版社，2008年11月，第54页。

成大事业者，莫不是在身处逆境的时候打下了良好的基础。只有在逆境中，人生才会有新的突破，才会找到新的起点，才会有奋发有为的志向和不懈的追求。"[1] 作者列举卢梭、曹雪芹、杜甫以及张贤亮等人的经历，来充分说明逆境中顽强生存努力奋斗并终获成功的道理。

1　暮远：《夜行者独语》，宁夏人民出版社，1995年11月，第257页。

## 第三节　文明成长：解放思想与人的素质

和张贤亮一样，暮远杂文深切关注着人才问题，要提高一个国家的文明程度，人才问题不容忽略，举贤者、人才环境以及人自身的努力缺一不可。优秀人才只是国民中的一部分，真正形成国家文明富强的是整个国民素质的提高，这包含政治文明、法制完善、文化建设以及国民素质的整体提高等。提高国民素质是一个伟大的工程，需要国民共同努力，因而也是作家在文章中反复提及的问题。

物质决定意识，意识反作用于物质。物质生活水平到达一定程度，素质就能相应提高，具备了素质提高的现实条件，国民素质才有望提高。同时国民自发地、自觉地、自省地提高自身素质，反过来才能促进物质生活水平的提高和整个社会文明程度的提高。国民素质是现代化的基石，而观念则是国民素质的核心，这些观念主要有：独立人格、主体意识、个性解放、自我实现、个人尊严、宽容精神、自由精神、平等精神、民主精神、法治精神、人权意识、公民意识、生命意识、健康意识等。国民素质发展和文明的成长都是一个渐进发展的过程，在暮远笔下，《素质的标牌》《解放思想与人的素质》《文明的野蛮》《关于解放思想》《文明的成长》《民主是人的素质的体现》等等通常从各个方面来探讨国民素质问题，以知识分子的赤诚表达着国家政通人和、文明成长的殷切希望。在1997年和1998年作者分别写过《关于解放思想》和《解放思想与人的素质》。暮远生于宁夏，长期身处西部的大环境中，对宁夏经济贫困、观念落后、思想保守的局面深有体会，"在我们这样一个较封闭、较贫困落后的地区，人们的思想观念的确不是很活跃很开放，我们缺少一批真正的思想解放、实事求是、勇于探索、敢于创新的领导人"，"然而我们总得要汲取教训，我们总得要抓住历史给予我们和别人同样的机遇，不能只一味强调客观上的不利因素。分明我们在以主观的努力去改造客观环境方面还做得很不够，我们不但不能在解放思想方面领先，而且即便在学习借鉴别人的新思想新举措方面，行动上的自觉性也往往不能及时到位"。[1] 这从不同侧面说明思想解放需要真正解放思想的领导人，也需要每个社会成员自身的警醒和努力。在《解放思想与人的

1 暮远：《文明的成长》，宁夏人民出版社，2008年11月，第161页。

素质》中，作者认为从更普遍的意义上说，对广大社会群众而言，努力提高自身素质比解放思想有着更加重要的现实意义，"如果我们的各级社会管理者、决策者真正做到了解放思想，如果我们的人民真正做到了有较高的素质，那么，我们的社会生活中的一些不正常现象就会大大减少"。[1]

在所有国民素质的核心观念中，除了法治精神、个性解放，作者最为重视的当属民主精神。民主应当是一个社会中群体结构素质的集中体现，是社会绝大多数人的文化、修养、道德、思想、理性的集合，是整体人格力量维护正义与善良、文明与进步的一种社会反映。它必须适应于社会运行的要求，适应于社会运行所需要的各种行为规范和道德准则的要求。而体现着民主精神的人自身素质的高低自然就有着极其重要的作用，但一个人以民主的形象面对现实选择时，首先考虑的不应该是个人的情感与好恶，他们代表的不是个人，而是社会进步与文明的大众意愿。如果人自身的素质低，就与真正的民主精神还有一定距离，如此，不提高人的素质，不使人的文化、道德、思想、行为努力接近并适应社会文明与进步的要求，民主就会"走样"："民主必须建立在良好的人的素质之基础上，有什么样素质的群体，就会有什么样的民主。高度的民主，必然反映着具有良好素质的人群和社会。如果人的

1　幕远：《文明的成长》，宁夏人民出版社，2008年11月，第167页。

素质不能适应社会文明和进步的要求，社会就将失去其向前推进的动力。因此，我们必须把提高人的素质、提高整个中华民族的素质，作为建设高度社会主义民主与法制的根本，作为建设物质文明和精神文明的社会主义现代化国家的基本前提。"[1] 不可否认，时代的变革，社会的动荡对文明的成长有着一定的影响，人类文明正在经受着社会经济大变化的考验，经济可以飞速发展，文明却不能跨越，因而，文明的成长是代代相承循序渐进的过程，在《文明的成长》一文中，作者更为明确地突出这一点：

> "文明的构建，是千百年来人类社会文化的积累，需要一代又一代人的参与，需要坚实稳定的基础。这基础，就是人的公民意识、文化素养、行为风范，是一种人格的力量。所以我们每个人都必须从自身的建设做起，从清理我们作为人的最基本素质中存在的障碍做起。"[2]

当然，这正是建立人类文明大厦所需要的坚固的基础，也是暮远最终将《文明的成长》确定为自己第三本杂文集书名的主观意愿所在。

暮远说杂文是人的思想见识的文字反映，是思想者的文字，也是人性的印证。他敬畏杂文，实是敬畏有思想、有骨性的人。进入21世纪后，

1　暮远：《文明的成长》，宁夏人民出版社，2008年11月，第86页。

2　暮远：《文明的成长》，宁夏人民出版社，2008年11月，第84页。

暮远不再写杂文了，"虽然我中断了杂文创作，但对人生和现实的思考从未停止"，"杂文家在对现实无奈之余，也不该低估自己手中的笔，不该低估杂文的力量"。[1] 文章千古事，得失寸心知。是否还会继续杂文写作也许并不重要，重要的是，暮远已经在探索政治文明、法制完善、公民素质、社会文明的成长进步等方面为宁夏杂文留下了一定时期内不可多得的思想碎片。

1　暮远：《文明的成长》，宁夏人民出版社，2008年11月，第173页。

一个真正的艺术家往往用自己的灵魂自己的血肉来创作自己的作品，而艺术作品本身是对生命热烈的爱之表现。

——第八章

# 第八章
## 笔落青山湿：朱世忠杂文随笔的绝唱

朱世忠创作体裁广泛，杂文、随笔、评论、小说、诗歌等都有所涉猎，其杂文作品整体上情绪内敛，理性节制，情挚曲达，意蕴深厚，既注重从外部现象观察世界描写世界，也注意从内部世界表现突出自己的价值观人生观道德观，注重对生命体验的真实叙写以及由此而形成的主体意识的强化。惜乎其英年早逝，令人扼腕。

朱世忠（1962—2010），笔名实钟，1962年10月1日生于固原市杨郎乡陶庄。曾出版文集《秋天开花的梨树》（宁夏人民出版社，

2005年8月），杂文集《朝着空气射击》（宁夏人民出版社，2008年11月），并于2010年出版了《朱世忠文存》（上下卷，宁夏人民出版，2010年10月）。据有时间落款的文章记载，其最早的文章大约是创作于1990年10月的《生活感悟》，最后一篇文章大约是2010年7月创作的《输赢之外的硬道理》。朱世忠1980年从固原师专（今宁夏师范学院）毕业参加工作后，一直爱好文艺，喜欢文学创作。其创作生涯大体上可分为前后两个十年。在第一个十年即20世纪90年代创作的是议论世事、感悟人生而且充满睿智和幽默的小品散文。其创作和批评曾在西海固影响广泛，曾兼任固原地区作协主席。2002年后因工作关系离开故乡来到银川，随着远离故土和生活阅历的增加，创作了多篇回忆故乡山川和亲情的乡土抒情散文杂感。同时在杂文作家牛撇捺、王涂鸦、闵生裕等人的影响鼓励下，开始杂文创作。

## 第一节　深衷浅貌：道义担当和思想批判

在朱世忠的一生中，尤其是后期思想和创作都趋向成熟的十年间，倾注了相当大部分的生命与心血于杂文创作。20世纪90年代，他曾经创作了50多篇以《生活感悟》《多维视角》《缺色少味》《不一样的观点》等为代表的小品杂文，这些小品文短小犀利率意而谈，每篇了数百字，语言幽默俏皮，富有含蓄内蕴的讽刺意味。这些杂感颇具"语丝文体"之风，为后来杂文的成熟奠定了丰厚的创作基础。2001、2002年以后，生活阅历增加，并受到杂文家牛撇捺等人的影响，其创作有了一个相对明显的转型，即从议论、感悟式的小品文转向了自觉的杂文创作。杂文要具备在庞杂纷乱的社会现象中作出有见地的判断、把当下社会现象的特征和社会问题加以凸现的能力。没有对当代社会现象长期的研究性关注，没有建立在学识与才情基础上的睿智、敏感，将难以胜任。促使朱世忠孜孜不倦地坚持杂文创作的，既有对现实问题的热忱关注，对社会批评文明批评的主观期待，又有发自良心与道义担当的认知焦虑、道德焦虑和情感困惑。在《大学的神圣像比萨斜塔》中，作者以"杨帆门事件"为引子，陈述了"学生不讲师道尊严""教师不能为人师表"这两种主要观点，进而更深一层分析到大学教育体制存在的问题，提出"大学扩招，就业困难，高等教育产业化使教师和学生都处于被动和尴尬的境地，大学应该反思成败得失"的观点。作者借"杨帆门事件"这一个案，实际上想披露的是被誉为象牙塔的大学已成为"比萨斜塔"，其深层次问题已经"难以遮掩"，"传统意义上的大学的神圣、神秘已经不复存在"，然而，社会理性和科学理性是高等教育存在的基础与品质，即使带着现实的困惑和焦虑，作者也坚信"大学的价值文明不会崩塌""相信更多的人一定会维护大学的品质"。[1]

值得注意的是，在杂文里一些涉及国家民族前途的主要问题也被深刻而冷静的作者郑重提出，并受到存有良知的作家的认真思考。这些问题，包括对社会观念的反思，对民族命运的警醒，反复呈现在文章中。《不要指望狼爱上羊》就是很典型的一篇。朱世忠作为一个普通的作家

1 朱世忠：《朝着空气射击》，宁夏人民出版社，2008年11月，第11页。

和行政工作者，却颇有远见卓识和睿智理性，全文大气磅礴，鞭辟入里，将一团迷雾的国际政治经济军事现象抽丝剥茧，层分缕析，从而透过现象看到本质，显露出其事物表象下的本真。他指出，面对西方国家由意识形态和国家利益与中国不一致引发的对中国的"如鲠在喉"，我们只有"团结一心，忍辱负重，沉着冷静加快发展"，"不让偌大中国，再任人宰割"。[1] 还有一部分文章，作者在反思新的历史时期对社会对公众的认识，反思对知识分子历史责任的理解，也反思社会批判、道德承诺与文学写作的关系。这些看似朴实平淡的文字，暗含着深刻的意蕴，也彰显着作者的一片赤子之心和知识分子的清醒和洞明。

性情温厚的朱世忠不乏认知的深刻和睿智，他在行文中处处流露善良的同情和理解，而很少剑拔弩张横眉冷对。其批判锋芒自然内敛含蓄，更多是热爱生活的散文作家的风神。就像作者一直坚持"杂文应当是美文"，要"展示内心世界的真实，表现杂文作者的责任感"，还要"给人以美感"具有"较高的审美价值"。[2]（《杂文应当是美文》）作者力主追求杂文的审美价值，"要大胆地谈杂文的趣味性和涵化作用"，究其实质，是由于创作者在其内在顽强的生命力之下怀有着一颗温软敏感的心。实际上朱世忠一直对杂文创作所能带来的本该承载的意义并不十分胸有成竹，作者曾坦然承认，"虚荣，曾经是我的

[1] 朱世忠：《朝着空气射击》，宁夏人民出版社，2008年11月，第30页。

[2] 朱世忠：《朝着空气射击》，宁夏人民出版社，2008年11月，第104页。

1 朱世忠：《秋天开花的梨树》，宁夏人民出版社，2005年8月，第318页。

2 朱世忠：《朝着空气射击》，宁夏人民出版社，2008年11月，第177页。

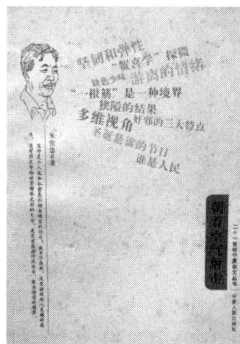

滑铁卢"，但朋友提醒到"是草，就抚摸大地；是树，就举起绿旗"，所以"我开始动笔，不再揪头发拔苗助长，而是一瓢一瓢舀生活的水，来浇灌心绿"。[1]（《我的滑铁卢》）尽管作者也坦言，"我向来不敢把写作当成生命，我没有能力担负同等重要的责任。我只把写作看成是钓鱼，是对自己内心世界的整理和安慰"。[2]（《码字的理由》）

《朝着空气射击》单从书名看，读者仿佛可以直接捕捉到纠结于内心的某种情愫或纯文学创作与当下现实媚俗、与以娱乐为己任的大众文化相抵牾的无奈。呼声很可能只是少数人在"铁屋子"里高亢的呐喊，有多少人可以听见思想的风吹过的声音，有多少人会听见走过心灵的脚步，听见了又会有什么样的反应，在杂文家这里几乎不再重要。但至少有这么一个群体在呼喊，在坚定地挥舞内心的旗帜。和闵生裕的《一个人的批判》一样，《朝着空气射击》将创作定位为由友情和亲情烘托的内心倾诉或"与心灵有关""更接近真我""关注现实""追求自由表达"的"自由言说"（闵生裕：《一个人的批判·后记》）。中国古典文论云："情者文之经，辞者理之纬，经正而后纬成，理定而后辞畅。"（《文心雕龙·情采》）作家应为情而造文，《朝着空气射击》以多篇情深义重的文字印证了这一点。《不和谐音符》中作者提出"中国有许多作家缺乏思想，中国有更多的文学评论家业缺乏思想"的客观现实，犀利地批评"腹空、作秀、隔靴搔痒的评论朝着虚无、庸媚、散乱的空气一样的作品射击，箭箭中的，箭箭落空"。在《写给儿子的短章》一文中，作者又殷殷切切分条列述了42条父亲写给儿子或者说长辈写给晚辈的箴言忠告，足见深衷浅貌舐犊情深。可以说，《朝着空气射击》敛去了剑拔弩张的批判锋芒而更多带有颇具人情味的深厚饱满的情感，固然不排除其文字背后"难以着陆的忧伤"和"游离的情绪"。

对时代现状和自身处境的分析反省也促使作者对现实和前景充满诸多疑虑，这是一种为人为文的温厚谦逊，但也可能是其杂文集取名《朝着空气射击》潜在的心理暗示。然而也正是在这样的不断否定和扬弃之间，朱世忠更多在通过杂文来检讨民族文化、文学传统存在的阙失，检讨杂文作家、诗人、行政工作者等作为人类生存处境和精神处境的关切者，其自身的精神独立性和建立在深广文化背景上的精神高度的问题。

## 第二节　哀感顽艳：深情厚谊的乡土杂感

人类心中都存在某种永恒，每个人都会在记忆中寻找失去的乐园——那唯一真实的乐园。记忆中的西海固就是朱世忠笔下充满悲悯哀痛和心灵慰藉的乐园。朱世忠出生于深受关中文化影响的西海固地区，作为一个根植于乡土社会的作家，他有着浓烈的乡土情怀。尤其在离开西海固来到银川后，老大离乡，羁居凤城，身处现代城市又回望追忆西海固乡土，创作了多篇情深义重的乡土杂感和摹景说理随笔，为生活在紧张、忙碌、焦虑中的都市现代人提供了温暖的精神家园。

秋天开花的梨树

这些杂文随感追忆昔日人事，状写故乡风物，不能忽略其质朴文字内蕴含的浓浓的乡愁，深挚的感情和厚重的思想。奠定其一生创作基调的很可能是创作于2000年9月的《秋天开花的梨树》。"不知道梨树的寿命有多长，但我家院子里的那棵梨树已经生长了30多年了。"在童年的乡村生活时代，梨树是一家人对甘美果实的渴望，在每个中秋节，梨树奉献着丰腴的果实，而尤为感人的是梨树第一次开花结果只结了两个果子的情况下，"父亲像抱婴儿一样用粗大而笨拙的双手卸下一只梨，放在一只碗里，让我端给隔壁的姥姥家。""然后又隆重地将另一只摘下，放在院子中央低矮的小饭桌上献月亮。"之后，母亲将这只供过月亮的梨分成八块，全家一人一块。作者描写了一个清贫的西海固乡村人家即使在物质极为匮乏的时代依然葆有的朴素的孝道、虔诚以及一家人分吃一只梨的朴实幸福。梨树是老院子的守护者，也是作者离开故土后的精神依托。在2000年春天百年不遇的干旱后，梨树没有开花，而当给它浇了一次水后，不到中秋节，柴门里"独独儿斜长着一杆枝丫上，绽笑着簇簇梨花"——梨树在秋天开花了。梨树需要的太少，而奉献的却很多，不只是果实，还是西海固人在面对贫困干旱等极其恶劣的生存环境时执着顽强坚持的希望。文章最后作者写道："一棵树能像一杯烈酒一样使人心热，像一首曲子一样令人荡气回肠，但有时人却不能。"[1] 朴实深致、从容严密的文字中蕴含着阅尽人生沧桑的悲凉情怀，人"不能"的是什么，作者没有说，却留下多少回味的余地！

朱世忠以杂文家鲜有的深情回忆着故乡风物，老院子，老梨树，也深情描写着自己的母亲，老师，朋友，和所有关情之事，关情之人，并将自己深厚的感情寄予文字之中。《倚门望归》《节目》是书写亲情，书写母亲，"倚门望归是母爱的天分，送子上路是母爱的博大"，赞美母亲的倚门望归使"精致国画的工笔重彩和古朴雕塑的沉默孤寂同样美丽"。[2] 创作于1992年的《"歌坛天骄"原州留真》回忆歌星腾格尔1986年随中央讲师团来宁夏固原师范学校任教的经历，作者的着力点并不主要是这位早已红遍大江南北的歌星离开宁夏后的诸多演唱成就，而是从一个人的角度追忆腾格尔20世纪80年代在原州（今固原市原州区）作为一名音乐工作者创作、演奏、教学和作为一个豪爽、多情、幽默、自信的蒙古人和当地的朋友聚会豪饮"一气喝下半斤'西安头曲'"，在固原"不要一分报酬上过两次舞台"，利用简陋的设备为当地群众演唱的经历。腾格尔对固原黄土地怀念的真情也契合作者重情重义的内在性灵。先后创作于2000年和2008年的《不引诗情到碧霄》和《寻找恩师陈静英》以最饱满的情感力度追忆为西海固文化教育事业

1 朱世忠：《秋天开花的梨树》，宁夏人民出版社，2005年8月，第1页。

2 朱世忠：《秋天开花的梨树》，宁夏人民出版社，2005年8月，第15页。

作出无私贡献的范泰昌先生和陈静英女士。其中《寻找恩师陈静英》写到一位从上海到宁夏固原杨郎陶庄小学的下乡知青陈静英老师和村子里父老乡亲跨越时空阻隔的情谊。作者的这位小学启蒙老师教他们识字、教他们用普通话朗诵，为表弟将书包的破洞缝补成"花蝴蝶"，花钱为全村的女人买"丝袜"，暑假给全班学生从上海带来在那个时代那样闭塞的乡村根本不可能见到的"奶糖"；而村里的人也用最朴实的情感同情理解年轻的陈老师来到乡村生活的不易，帮她生火炉，送她刚从地里挖出来的洋芋，外奶奶晚上义务为她巡逻。1977年恢复高考后，恩师陈静英考到复旦大学，要回上海。当陈老师离开乡亲去上大学时，她已经和乡亲们建立了不可分割的深厚感情。于是村上的乡亲和包括作者在内的受陈老师恩惠的学生长达三十多年对恩师的怀念和寻找就成了维系全村人情感的神圣纽带，大家都"盼望陈老师能回到糜子酒乡，再喝一口曾经在西去东来的古丝绸之路上闻名遐迩的纯正糜子酒"，大舅则嘱托："陈老师要是再回来，给娃娃香香做上一顿长面，再用油泼上苜蓿芽，让吃饱吃好。"作者作为全村人思念情感的代言人，愿意"带上糜子酒和苜蓿菜，还有已经不在世了的一些人的嘱托"[1]继续寻找恩师陈静英。而事实上，他和他的乡亲们寻找的更可能是一份单纯的师道和故去的情义，恩师陈静英则成为这种道德和情

1 朱世忠：《朱世忠文存》（上卷），宁夏人民出版社，2010年10月，第110页。

感的完美寄托。

作者深受中国温柔敦厚的文学传统影响，谐而不谑，哀而不伤，充满对人生世道澄澈的观照和对不可复现的故土乡情、人间真情的倾心和怀念。朱世忠的这类杂感创作通常是承载道义与情感、呼唤理性和良知的道德文章，换句话说，情感与道德是朱世忠作品中天平的两端。文如其人，温厚、宽容、正义的朱世忠一生追求至善品格和刚直性情，其文章也无疑成为负载人性中亲情爱情友情师生情等最基本感情和宽容、平等、孝道、感恩等做人做事的道德规范的蓝本。

## 第三节　宛曲深致：审美批评的个体追求

在批判性杂文和乡土风情杂感创作之外，朱世忠还有一类杂文颇具有理论批评色彩，更能显现出他的良心、识见和生活感悟之上的个体审美精神。曾经身处边缘和底层的生活经历，涵养了他文学创作和文学批评的草根情怀和平民精神，他特别关注宁夏的文学和本土作家。因为热爱文学，他对西海固和宁夏作家寄予厚望，特别是对当代文学的"浮躁"和批评力量的"缺失"哀痛在心。

在他20多年的读书和写作中，可以称为严格意义的评论文章有十几篇。虽然数量较少，但批评态度的坦诚严肃，"有比较深厚的文学史基础、文学理论做支撑"，"更接近于专业评论家"（牛撇捺：《开花与结果的树》）。这在《悟得"芝麻开门"的秘诀》《杂文应当是美文》《零度情感：陌生化的小说叙述》等文章中都有所显现。从对本土作家成长的关怀而言，朱世忠比较注重"从事实出发，客观评价作品和作家"（《被屏蔽的评论》）。对于宁夏文学和作家的批评，如《锤炼后淬火》《多元整合的审美态势》《鹦鹉扑火的胆识和乌鸦反哺的真诚》《用诗词的方式抚慰自己的灵魂》等文章就表现了他的这种追求。也是这种客观的态度和对文学的执着，磨炼了专属于自己的批评眼光和批评勇气，《诗人也曾……》一文中痛楚地质问当下的文坛和批评界"究竟应该肯定哪些人？"《"傻瓜"的傻文章》本着一个平凡作家的创作态度，针砭当下世风日下和人性失落的社会状况，显现出"文为时而著"的现实精神和范仲淹"先天下之忧而忧，后天下之乐而乐"的人生境界。

朱世忠在人生的进取和文学的批评中都是追求高远的人。从尝试诗歌的批评到强调要努力提高自己作为批评家的教养，要求自己既客观理解批评的对象又要具有文学批评的审美感悟。这在两篇代表性的文章《高处不胜寒》和《不一样的风景》有着特别的彰显。前者收入他的第一部文集《秋天开花的梨树》，后者收入他的杂文集《朝着空气射击》。

在温情友善的个性背后，作为文学批评者的朱世忠深深贴近作家的心灵，阅读张承志并获得某种内在性灵的沟通。他不仅梳理了张承志小说与散文创作的艺术历程，而且切入其思想和精神世界，激情荡漾地感悟其理想的、精神的批判个性。朱世忠从艺术的独特感悟上认为"《心灵史》激情奔泻，不讲究表面形式和文学技巧，它是用诗的语言、小说的篇幅、散文的思绪去负载流动的感情"。张承志"要在各种苦难中使人们看到人的刚毅、向上，人在苦难中表现出的宽容、巨大的自我牺牲，把苦难背后的人生意义和人格力量展示出来"。在高远而孤独的情怀上深深认同体会张承志的同时，冷峻地指出："张承志的思想是复杂的，他一方面坚守宗教一元的精神阵地，不与世俗同流合污，另一方面又深深地卷入世俗的纷争之中。"[1] 这篇文章所显示的阅读能力和思想力度是一般批评家难以达到的。此后他的批评文章可能再少见这样的力作，但在熟悉宁夏文坛的多年积累中，也留下了《不一样的风景》这样精彩的作品。《不一样的风景》由评论宁夏作家郭文斌、季栋梁和批评家牛学智的三篇文章构成。在行文时他很注重对作家作品的整体审美体验和对批评对象独有印象的把握和传达。朱世忠有极好的艺术直感，善于体察作者的创作用心和甘苦，因而对批评对象常有深切的理解。他一语中的地概括出"柔软是郭文斌获得鲁迅文学奖最突出的力量"，他的作品充满了"禅意"和"道德力量"；认为季栋梁"心态阳光灿烂""思绪波涛汹涌""文笔行云流水""把文学当成快乐"；说牛学智"像牛一样坚韧地与自己、与环境较量""用透支生命的方式热爱文学批评"。[2] 尽管是印象式的，但其批评文章本身就是一篇精妙的美文，显示批评者自己的个性。

在朱世忠的写作和批评中，充分地彰显其个

1　朱世忠：《秋天开花的梨树》，宁夏人民出版社，2005年8月，第293页。

2　朱世忠：《朝着空气射击》，宁夏人民出版社，2008年11月，第162页。

体精神和文化理想的还有他和劳尔铸、王佐红等人共同创作的关于"花儿"的批评研究。从《朱世忠文存》所收的批评文章来看，他的文学批评多重感性，议论多于理性批判，大多是印象式批评，然而他对民间艺术形式"花儿"的讨论却是非常具有学理性的审美批评和文化研究。这一系列文章中，《在时代发展中弘扬民族文化》是研究总纲，从人类文化和各民族文化传承的保护意义提出研究重视"花儿"的文化价值。"'花儿'与文学、音乐学、社会学、历史学、民族学、语言学、民俗学等都有着非常密切的关系，记录着中国古代、近代以及新中国成立以来的社会面貌及平民百姓的文化心理和情感世界。是一种群众喜闻乐见的艺术形式，是百姓展现丰富心灵世界的灵动渠道，承载了厚重的民族心理积淀和多彩的思想情感，并且具有极其广泛的群众基础。在中国文化艺术的范畴内，它是独具特色的艺术形式。"站在热爱本民族民间文化和建设健康的艺术形态的自觉立场上，他认为："在现代化、全球化、娱乐消费多样化的大潮中，如何保护、弘扬、创新'花儿'，使'花儿'紧贴时代发扬光大，是一个重要的实践命题。"[1]

新的时代和新的文化境遇，赋予文化部门和文化人新的历史使命：必须增强历史责任感，承担保护文化丰富多样性的责任，深刻分析"花儿"在时代发展中的传承关系，加大挖掘、创新

1　朱世忠：《朱世忠文存》（下卷），宁夏人民出版社，2010年10月，第239页。

和发展"花儿"的力度，让"花儿"焕发出时代活力，使"花儿"在现实拓展和历史延伸中占据重要位置，为满足人民群众的精神需求，丰富人民群众的精神生活发挥更大的作用。朱世忠在这一路径上的努力是自觉的。《坚守和融合使花儿独具魅力》这篇文章特别从西海固地区的六盘山花儿与回族文化的关系指出了花儿的文化融合和艺术反映生活的丰富性。《花儿不唱心烦哩 唱了花儿解馋哩》重点对六盘山地区的花儿的艺术风格进行了较为深入的探讨。文章首先指出六盘山区的"花儿"在大西北"花儿"中独树一帜。花儿这种民间艺术形式主要存在于苍茫辽阔的青海、宁夏、新疆、甘肃、陕西等地区，在汉、回、撒拉、土族、保安、东乡、藏族、裕固、蒙古族等各民族群众中被生动传唱。随意、即兴而积累丰厚的"花儿"的艺术魅力来自它贴近西北生民真实生活和心灵情感的真淳质朴，不仅富有浓郁的地域色彩和生活气息，也显示出极强的历史精神和时代穿透力。文章从文化积累、抒情特色、悲剧情调以及方言的运用、生活气息、时代特征等多方面研究指出了六盘山花儿的艺术风格和研究价值。不论是比兴手法的艺术分析，还是富有生活气息的语言分析，从一一列举的花儿唱词细读论说，显现出批评家的热情和细致的艺术感悟能力。

不难看出，朱世忠等人共同进行的花儿研究具有很开阔的学术视野，并且表现了对本土文化的热爱与自觉。这种文化的责任心和艺术批判的审美精神可能是朱世忠真正追求的理想，也是他立足本土使宁夏的文学批评具有了坚实文化大地的内在品格。

## 第四节　秋山人远：内心自我的拷问反思

　　一个真正的艺术家往往用自己的灵魂自己的血肉来创作自己的作品，而艺术作品本身是对生命热烈的爱之表现。朱世忠常常谦和地说，他不是严格意义的作家，他只是个热爱文学的业余创作者。然而他也用自己认真的创作态度丰富的学识以及知识分子的道德感慎重地为读者提供了为数不能算多却独具艺术文化享受的精神盛宴。面对现代社会狭窄生存空间导致的道德沦丧，他创作大量的杂文、杂感小品文，执着从事于一种有益于世道人心、公众良知、知识分子道德的工作，显示与现实精神并存的理性精神力度和道德理想热忱。而在花儿研究中又对传统文化和民间文化发出呼唤，寻求回应，表现出对民族文化民族情感的高度认同和稳重开放谐和的文学风貌。

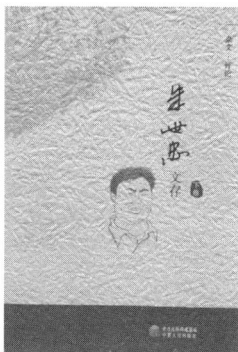

　　在朱世忠一生四十多万字的创作中，有一些杂文随感从很大程度反映了作家内心拷问反思的声音。这些声音有来自对自然山水景观的摹景抒情，也有对人生的独特领悟，还有对自身生存处境、创作处境的反思，同时又饱含对社会历史的深刻认识。仁者乐山，智者乐水，胸怀宽广心性淳厚的朱世忠笔下描写过很多不同地域的自然山水，但是作者的创作并非是对自然景观的客观性描摹，而是借叙述山水景观自然地貌风土人情来抒发作者内在的情怀和历史文化的地域性感知。比如《孤独西海固》（1995年3月），《比柔美还多些宽怀的婺源》（2007年11月），《思念堆砌成的日月山》（2008年7月）等文章。描写西海固，作者的主观情感是"孤独"，孤独成了西海固痛苦的概念，"找不到比西海固更加孤独的风景"，西海固的山、水、树、文澜阁、城墙、牲灵、佛等都成为孤独的外在象征，但作者真正想披露的是"西海固孤独着，绝不企求喧嚣"，"因为孤独就有机会多思，更能参悟"，作者尤其提到了西海固的文人，"在世俗与文学抗争的状态中，附近的文学都呈低迷趋势，唯有海原的作家还在艰难跋涉，唯有文澜阁下的作家们还在积极思考"。[1]（《孤独西海固》）在婺源，作者漫游在行政上隶属江西的徽州古镇，像漫游在山水秀丽人性美好的梦境里。沉醉在婺源如画如诗的山水民居、官宅绣楼，感动着李坑镇母子嬉水充满人性情趣的画面，其内心情感是复杂的，但可以肯定的是，作者完全将自己的身心情感融入古镇的山水人文间。"婺源坚守着徽州文化清秀文静的气质"，"婺源离开徽州，从文化渊源、文化认同、文化联系的角度讲，是一场撕心裂肺的离别，是一种耿耿于怀的幽怨。""人与山水相依为命，安乐和谐，这会让在我们这些戈壁大漠边上运作生命的人无限向往，甚至心生

1 朱世忠：《朱世忠文存》（上卷），宁夏人民出版社，2010年10月，第6页。

1 朱世忠：《朱世忠文存》（上卷），宁夏人民出版社，2010年10月，第99页。

嫉妒。"在婺源行走，即使"持重若定，心无旁骛，也不可能抵御爱情和亲情的强烈感染"。[1]（《比柔美还多些宽怀的婺源》）在《思念堆砌成的日月山》一文中，作者从日月山的地理位置、自然成因、历史文化积淀谈起，继而陈述了唐朝文成公主、金城公主入藏和番、为汉藏友好和融合立下汗马功劳的历史事件，使日月山成为一种承载思念的象征，"多少人把思念寄存在日月山，忍受着煎熬，换取了国家民族的繁荣和进步"，日月山上树立的象征汉藏交好的汉藏碑，是汉藏历史上民族团结的有力见证，昭示着"虽然个人的情感非常关键，但民族团结和睦更为重要""国家民族的利益高于个人利益"[2]的道理。

2 朱世忠：《朱世忠文存》（上卷），宁夏人民出版社，2010年10月，第138页。

　　在以上这一类文章中，朱世忠使用历史考证的方法，以深沉而不失豁达的笔墨，将自然社会人生紧紧联系在一起，写出历史发展的必然趋势和人类情感之间既有矛盾对立一面又有和谐同一的一面，并传达出某种苍凉的心境。一万多字的《像鸟一样在想象中栖落》则直接转向了人类生存的现实问题，作为若干篇既富有现实批判又具有美学意蕴、文化内涵的文化散文系列作品，作者首先提出"网络时代的人真可怜""展开美丽的翅膀，翩飞着就被网络粘住，像蝴蝶被蜘蛛网粘住一样"的客观现实，揭露了"人企望在网络探究世界，探究未知的秘密，结果自己的隐私被抖落，被互联网撕扯得一丝不挂，然后就可怜兮兮地裸挂在千丝万缕的线条中"这一生存困境，认为"人类在想象和向往中抚慰心灵，为困扰自己的信息传递问题而不断追求，不懈创造，这是一个艰难的过程。"[1]《生长着的声音》抛开现实批判，也淡化自然环境，完全关注人内心的纠结和挣扎。文章中"我"意欲卸掉"沉重和烦恼"，遭遇了北疆阿勒泰图瓦人的精神世界。在图瓦人的木屋里，"我"由狼标本臆想着意念中的狼，狼的眼睛里"有泉水一样浸透人心的友好、善良，细看，又觉得流淌着苍凉秋水""狼嗥声早就在我的心里扎根并生长着"。[2]本文几乎颠覆了杂文随笔的成规，创造出一种随叙述者的意识流动转换的视角，同时插入心理性的跳跃词语，虽分解了情节却扩散出多方面的含义，颇有意识流小说的痕迹。

朱世忠深切关注现实关注人世关注人的内在心灵，他坚持认为，作为一名优秀的作家，必须贴近生活，深入生活。只有这样，才能走得更远。不论是身在西海固的作家，还是从西海固走出的作家，都应该坚守住始终直面与深入生活的艺术创作品质。因此他在直面现实生活的立场上，追求更高的视点，更深厚的思想底蕴，突破文字原有的单纯性质，使批判讽刺与摹景抒情渗透结合，从而获得一种丰厚的内在艺术力量。在用文学的手段质询人生社会历史的诸种意义时，

1 朱世忠：《朱世忠文存》（上卷），宁夏人民出版社，2010年10月，第152页。

2 朱世忠：《朱世忠文存》（上卷），宁夏人民出版社，2010年10月，第34页。

表现出文化意识和自我意识的自觉。他状写人生的深沉思考，表现人生的种种复杂性，难免流露出无奈的心绪和怅然若失的情调，但在根本上、或者最后的落脚点上却充满昂扬的音调，洋溢着理想的光辉，以明畅隽永的风格向往着生命的深沉严肃，甚或尽量指出一条解决现实问题的可能路径。这既为个人的创作拓开了广阔的生存空间，也更强化了文学的现实功用和社会意义。秋山人远，斯人远逝，在朱世忠离开后，宁夏杂文学会于2010年编选出版了《朱世忠文存》（上下卷），后于2012年出版了《朱世忠怀念集》。

这种法度规则虽然或多或少给个体增加某种限制，但这种限制往往在尊重规则的前提下形成群体共同遵守的社会契约和国家共识。

——第九章

# 第九章
## 不敢做青天：维护公安正义立场的马河杂文

　　马河是20世纪90年代以来宁夏杂文创作的中坚力量，在宁夏杂文作家群中占有重要的一席。对社会生活敏锐的观察和感悟使马河的杂文创作触及社会人生的方方面面，不失职业的风范和内心的耿直。马河作品收入《宁夏杂文作品选》《美丽的谎言也是谎言》《杂文：宁夏十人集》《2013：宁夏杂文十人集》等杂文选集。马河杂文以平实自然的语言，讽刺、直露的文笔针砭时弊、探索真理、剖析人生、摹写世相、评说人事，内容丰富而真实，反映了当下社会的广度与深

度，以对抗现实的自觉意识追求着崇高而严肃的
批判思想。邢魁学说："马河是警察中的文人，
他以一个文人的敏感和锐利，又以警察的青天心
态和良知，去把握体认人生。"[1]

1 马河：《指甲里的沙
粒》，甘肃文化出版社，
2001年12月，第252页。

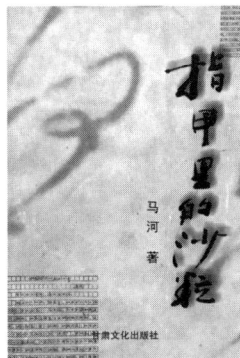

　　马河，本名佴勇，另有笔名野田、白墨，江
苏江都人，1963年3月15日生于银川，1981年进
入西北政法大学法律系读书，法律专业。1985
年夏毕业后在宁夏回族自治区公安厅工作。历任
《宁夏公安报》主编，宁夏回族自治区公安厅宣
传处处长、纪委副书记、经济犯罪侦查总队总队
长，现为宁夏回族自治区司法厅副厅长，宁夏杂
文学会副会长。20世纪70年代开始读书识字的
马河就接触到了鲁迅著作，也从那时起就对杂文
产生了朦胧的意识。1985年大学毕业后，在宁
夏公安厅负责《宁夏公安》（内部刊物）的编辑
工作。1987年正式在该刊物上发表杂文。1987
年在《宁夏日报》头版"塞上论坛"发表《"烟
霸"议》，自此走上杂文创作道路。此后的十几
年是马河创作发表杂文相当旺盛的时期。90年代
初期，他在《宁夏日报·社会随笔》专栏发表杂
文10余篇，在这个专栏发表杂文的还有邢魁学等
杂文作者。同时在自己创办的《宁夏公安报·苦
茶座》发表杂文及讽刺小品百篇左右。90年代末
在《新消息报》开辟《楷墨房》专栏，发表杂文
10余篇。在《宁夏煤炭报·周末茶座》发表杂文
20余篇。2000在《宁夏法制报》开辟《周末观

察》专栏，每周末专刊头版发表1篇杂文，持续1年后，将此专栏交给另一位年轻的杂文作者闫生裕，本书将在第十一章对闫生裕详细论述。2002年，《银川晚报》开辟了《马河专栏》，该专栏发表10余篇。除了这些本地报刊外，马河还在《人民公安》《人民公安报》《陕西公安》《青海公安》，河北的《警视》、安徽的《警探》等发表杂文，还有《杂文报》《上海读书报》《杂文选刊》《兰州晚报》《南方晚报》等报刊发表，也多有报刊转载。马河多次在区内外征文大赛中获奖，曾获公安部颁发的"金盾工程文化奖"。在1997、2001、2008年先后出版了《不敢做青天》《指甲里的沙粒》《穿过针眼的骆驼》三部杂文集。

## 第一节　君子怀刑：警界英才的铮铮傲骨

　　无论是写杂文的马河还是马河的杂文都在宁夏杂文界里有着重要的影响和意义。法律系科班出身的马河毕业后一直在公安机关工作，特定的教育背景、个体身份及特殊的工作经历、人生阅历决定他有别于一般杂文作者的杂文取材，几十年孜孜不倦的读书写作又决定他知识分子的言说立场和文人情怀。孔子说"君子怀刑，小人怀惠"，（《论语·里仁》）是说君子尊重法制，这个"刑"就是刑法、法纪，即国家的规矩、尺度，他心中始终有一份规矩、法度不容超越，他尊重这个社会的制度、规则，这种法度规则虽然或多或少给个体增加某种限制，但这种限制往往在尊重规则的前提下形成群体共同遵守的社会契约和国家共识，从而保障整个社会群体的安全、和谐。大约也是这样的初衷，公安部门工作的马河"怀德怀刑"，心系警界百态，为百姓呐喊，为警察申辩，也为健全完善国家法制建设建言献策。

闵生裕在评论《二十一世纪宁夏杂文丛书》时这样说："头顶国徽长年奋战在公安战线上的马河先生是宁夏杂文界一块硬骨头，他身上一直有一股'倒提乌纱帽'的批判精神。近来马河的文风有所韬敛，但英武之中还有一股酽酽的书卷之气。他是宁夏公安文坛的一只负重的老骆驼，多年来不休地在文化大漠穿行。"[1]马河这块"硬骨头"以不服输的精神坚持杂文创作，不论是为人民警察补偏救弊、析疑匡谬，解读讽刺生活万象、匡时济俗，还是抒写人生百态滋味，作品内容所涵盖的社会"类型"都具有超越时代的价值。在宁夏的杂文作者中，马河大约是惹"官司"较多的一位。作者认为："打官司也是杂文作者生活的常态，没有官司，说明你的文章四平八稳，缺少针对性，不够犀利。当然，从保护自己来说，杂文的写作还是要有技巧的，也不可过多地暴露自己，要学会在掩体中战斗，保护自己的同时，才能有效地战胜敌人。"这也从另一个侧面说明马河杂文的鲜明立场和敢怒敢言，而这也正是杂文不可或缺的"钙质"所在。由山东文化音像出版社在1997年6月出版的《不敢做青天》和甘肃文化出版社在2001年12月出版的《指甲里的沙粒》两部杂文集除了对生活现象的调侃和讽刺，更多手笔则是着力在对警界腐败现象的鞭挞和批判。其中《不敢做青天》"警察篇"收入警界题材文章21篇，《指甲里的沙粒》"警界随

1 闵生裕：《书香醉我》，阳光出版社，2010年11月，第80页。

1 马河：《不敢做青天》，
山东文化音像出版社，
1997年6月，第5页。

想集"收入该题材13篇。身为警察，作者清醒地认识到我们每个人离不开警察，但歪曲、丑化警察的事却屡见不鲜，针对这个问题他写道："我为我们的警察写过太多太多的仅供发表的'辩护词'。我不以为警察要为社会治安的严峻负过多的责任，也不以为警察所犯的错误更甚于其他行业，更不以为警察是粗暴、凶恶、蛮横的代名词。"[1]就警察犯罪的问题，作者说："仅以公安内部而言，也从不避讳警察违法乱纪的事，这毕竟是客观存在。然而，对此也要实事求是地分析或对待。""警察的问题，表面看是警察内部的问题，但细究起来，焉能与人事机制的运作无关？焉能与徇私舞弊的行政腐败无关？焉能与挑选警察'关系先行'而不管素质如何无关？"在该领域如此客观理性的申诉，如此振聋发聩的反诘，又如此洞彻犀利的揭露，非马河，有几人为？

出于这样的理智和勇气，马河在谈及自己的杂文创作时也曾说："我的杂文从来都是针对现实的，为百姓呼号，为警察呐喊。"在选录该文集时给自己确定了"三不"原则，即"不收应酬之文；不收浅显之文；不收过时之文"，马河说："我首先是警察，然后才是作者，因此，我一定要把十年来自己认为最好的或较好的文章献给关心过我、鼓励过我、喜欢过我而并没有对我失望的读者尤其是警察读者。"[2]这从创作主体的角度说明马河的杂文创作有着绝非世俗功利的高

2 马河：《不敢做青天》，
山东文化音像出版社，
1997年6月，第280页。

远追求和倔强独立的个性，也只有杂文这种文体能够体现作者的胸襟和情怀，能够无所顾忌地将作者的悲喜、哀怒任意抒写于纸上，而作为杂文家的马河无疑做到了这一点。

## 第二节　叩问书生：楷墨房的敏锐和忧患

固然痛快淋漓，固然口诛笔伐，而弥漫于马河杂文中浓郁的文化情怀、读书感悟、潜伏于字里行间的忧患意识和穿透历史现实的思想洞察力却是不绝如缕。博览群书的作者以崇高的社会良知呈现着自我的文化个性和精神意趣，以一名文人知识分子的睿智眼光和人民警察的赤胆忠心审视剖析社会弊端，尤其是自己熟谙而普通大众鲜知领域存在的问题，以冷静、科学、客观的笔触挖掘文化历史，这种迫切的文化重建心理，显然颇受鲁迅杂文内核的影响，鞭挞愚昧与丑恶，呼唤文明和正义，从文化基因深处叩问知识分子的灵魂，寻求文人的人格理想。

马河的生活离不开读书，马河的杂文也离不开阅读，在已出版的三本杂文集中，都有专门的读书专辑，《不敢做青天》有"读书篇"收录30篇有关读书的随笔杂感文章，《指甲里的沙粒》的"楷墨房集"，以其书斋名"楷墨房"为辑名，收录此类文章19篇，"翻书架"则是《穿过针眼的骆驼》的一辑，收文14篇。这类杂文有的是读书笔记、书评杂感，如《〈废都〉与废书》《读帕金森的〈官场病〉》《罗伯特·达尔的〈论民主〉》，有读书、买书的随想如《书店寻梦》《买书人的渴望》《关于读书》《再谈读书》《精品图书让人望而却步》《关于书的对话》《翻书偶得》《出书之虞》，有作家文人杂感如《不该被冷落的文学家》《巴山鬼才魏明伦》《略说邢魁学》《老舍先生的最后声音》《人生孤独的散步者》等。作者主张"宽容人性的缺点",也坚持"做人的道德",呼吁大家"像追求真理一样追求语言",本质上作者尊崇并坚守的是"独立精神,自由思想",这不但是他的处世格言,也是他写杂文的根本要旨,正如作者不吝笔墨评论邹振基杂文集《飘叶吟风》一文中反复强调的尊重文化传统、坚守人文精神、崇尚学人风骨的思想要义,这与马河内心的坚守人文精神的钙质含量具有高度的一致。邹振基慨叹知识分子缺少"长风振林、微雨湿花、布衣风范、云水襟怀"的风雅仪态,反而寒瘦拘谨、搞"小圈子""酷虐的刀笔余习和善用权术",马河借此挞斥无钙文人、诣谀文人、自我陶醉型文人、"墙头草"式文人、落井下石的文人,他诘问道:没有独立精神,何来自由思想?

马河的文章关注底层百姓,关注警察,但根本上,他关注的是知识分子的生存现实,关注的是文人书生的命运,比如收入《2013:宁夏杂文十人集》里的《调戏》《一个英雄的挽歌》《叩问书生》等文章,有自我经历的影射,也有对身边人的关注,他们身处政界或公安战线,共同的特点是酷爱读书,有思想抱负,但"不圆通""不会韬光养晦""不懂政治",书生意气太重,于是只能被官场"调戏",只能沦为任人摆布的棋子,甚或成为官场斗争的牺牲品,作者一唱三叹,用《叩问书生》为知识分子唱出挽歌,似有惺惺相惜、物伤其类之意。

当然,马河也对知识分子充满人道主义的理解同情,感同身受地体味着他们的艰辛和孤独,执傲与倔强,这在分别评析邹振基的《人生蜗篆》和《飘叶吟风》二书的《人生的孤独散步者》《独立精神 自由思想》两篇文章中体现得尤为明显。关于文人书生题材的杂文,马河与老作家邢魁学对文人、文化思想的思考一脉相承,闵生裕约略在十年后创作并收进《一个人的批判》的文人系列文章也与此可谣遥相呼应，只是与雅正、威严、忧患色彩浓郁的马河相比，年轻的闵生裕写得更肆意淋漓，活色生香。

## 第三节　江边潮平：归于现实的文本意义

回顾马河创作杂文的几十年历程，《不敢做青天》《指甲里的沙粒》《穿过针眼的骆驼》三本杂文集在宁夏杂文留下了独特的一笔。《不敢做青天》收录的是1987年到1996年发表的杂文，分"警察篇""荡浊篇""言世篇""读书篇""集外篇"等；《指甲里的沙粒》收进的是1997年到2000年的文章，分为"边缘人集""警界随想集""看过即忘集""野田泥踪集""楷墨房集"等；《穿过针眼的骆驼》则分为"写人生""说万象""翻书架"等，多是其创作生涯后期的作品。

2008年11月出版的《穿过针眼的骆驼》属于《二十一世纪宁夏杂文丛书》之一，这部文集少了政界、警界的话题，偏重于"写人生""说万象""谈读书""画人物"这种更加诗意、平和以及漫笔似的主题。他在《人生过半木已舟》说过"等待或守望"，随着阅历的增长，个体身份的转换，作者的思想维度亦随之发生转变，2000年后马河的创作慢慢减少了，但现实批判性不减当年，语言文字更为从容工整，关注文化，关注生活，关注现实人生，多是理性思维沉淀后的产物而更具有杂文家操守和内敛张力的文本意义。收入《杂文：宁夏十人集》的几篇作品很值得品味，如《穿越世俗的浊流》，戳穿当下人肮脏的嘴脸，以一位杂文家的忧患意识警示社会："'文革'的土壤仍然存在，只要一旦气候成熟，'文革'的幽灵会来的。"《电影之觞》通过对当代演员的调侃和对当下电影的嘲讽，说明电影成了背影，电影已经死了的主题。《裸体不艺术》以幽默、嘲讽的口吻，鞭笞当下所谓的裸体艺术不外乎是裸体的女人吸人眼球而已。《别以贵族的眼光看百姓》，用正话反说的写法列举了农民的种种"陋习"，目的是痛斥那些本不是贵族的真正可怜之人却要以贵族化的目光看世界。《平衡》通过妻子努力备考争取职位升级之事，揭露当下毫无公平可言、只有到处"平衡"关系方才脱颖而出的事实。马河的作品有很多表现的是为民申屈、针砭时弊和批判社会生活的内容，如《决不能让百姓含冤受屈》《哀叹文字》《说公道》等。他用有限的呼喊表达反抗，在孤独中坚守，在希望中抗争，透过生活的表象触及人们心底明晓而不敢琢磨的东西。

马河的杂文创作充分吸收以胡适、鲁迅为代表的"五四"文学丰厚的文化营养，继承了20世纪80年代、90年代思想交汇时代更替的文化财富，以穿透现实的思想洞察力和无畏无私、仗义执言的批判冲击力，践行着"独立精神，自由思想"的文化人格。他为警察、为百姓秉笔直书，也在读书思考、文人知识分子灵魂剖析方面独抒己见，彰显了独立思考的文化自觉意识、沉郁顿挫发自内心良知的忧患意识和诚挚、率意又含蓄蕴藉的艺术情思。读者应该能从马河文字里读出他对文学痴迷而执着的爱，"罗带同心结未成，江边潮已平"，那样近之有度弃之不舍的凄迷隐遁被深深沉潜在作品背后，虽然其呈现的面貌是伟岸英朗、侠肝义胆、义正词严。无论是否还会有新的作品都丝毫不影响他的杂文在宁夏文学史上的地位。

少了文化批判的沉重严肃，少了忧国忧民的士子心怀，少了伤怀悲世的哀怨悱恻，更多是爱憎分明的快意恩仇、活色生香的生活五味、痛快淋漓的嬉笑怒骂。而宁夏杂文在新时代下转型的复杂与多元则在这类杂文中得到一定程度的体现。

——第十章

第十章
荒原有绿洲：王涂鸦、季栋梁、巴图等的杂文创作


　　宁夏杂文正在走向繁荣，宁夏杂文学会的影响已经引起中国杂文界的瞩目，这和牛撇捺有关，也和马河、季栋梁、巴图、王涂鸦、闵生裕等核心作家有关。他们既承继了中国散文的传统，也切近时代脉搏，兼顾区域特征，以生机勃勃的面貌展现给世人，为中国当代散文拓展了一个充满生命力的空间。本章将分别探讨一下王涂鸦、季栋梁、巴图几位作家的杂文创作。

## 第一节　杂文之声：副刊编辑王涂鸦与专栏写作

前面我们已探讨过宁夏杂文的兴盛繁荣和若干人的大力提倡、离不开一个群体的创作实践，更和本区域内诸多媒体的副刊专栏息息相关，这些专栏通常经由一些热爱杂文写作的记者编辑或其他新闻工作者坚守阵地，为杂文作者的创作发表提供了便捷的平台，这样的工作者远有马河文章提到的陕西省公安厅《警视天地》原社长邹振基，近有《宁夏日报》的时茅清、钱蒙年、王庆同等，《银川晚报》的白景森，《新消息报》的闵良等。

王涂鸦，本名白景森，男，1962年11月28日出生，曾用笔名溯源、林幕、白天、左右等，陕西绥德县人，大学学历。曾先后在银川化工厂、银川市委宣传部、银川日报社工作。宁夏作家协会会员，宁夏杂文学会副会长兼秘书长。1987年开始文学创作，有小说、散文、诗歌、杂文等作品散见于各类报刊。2006年始在《银川晚报》《银川日报》开辟《涂鸦说事》杂文专栏，并主编《杂文之声》专刊，长达十年之久，《杂文选刊》为此进行过专门的报道。出版长篇小说《成长起来这样缓慢》（作家出版社，2010年8月）、中篇小说集《光芒四射》（宁夏人民教育出版社，2014年1月）、杂文集《满地找牙》（宁夏人民出版社，2008年11月）、《痒痒肉》（宁夏人民出版社，2010年7月）、《找不到北》（宁夏人民教育出版社，2015年6月）。2016年获首届"鲁迅杂文奖组织奖"。在2008年出版的《宁夏杂文10人集》和2013年出版的《2013：宁夏杂文10人集》两部文集中，各有10篇作品选录其中。从2014年开始，《讽刺与幽默》为王涂鸦开辟了《涂鸦说事》专栏，不定期地发表其杂文新作。

他在《未曾丢失》一文中说："这些所谓的成绩，除了自己的勤奋之外，更多的是杂文界朋友们的提携。是的，也是因为有了这个'圈子'吧，才使我在更多的互动中，感受到力量，体会到缺憾，从而有了不放弃的信心，也使自己的很多东西未曾丢失。"

王涂鸦是宁夏杂文不可缺少的人物，作为学会副会长和秘书长，宁夏杂文学会近几年诸多活动和《西北望》季刊等都是他和杜再良、闫生裕等在具体组织实施。2011年7月，宁夏杂文学会承办"第25届全国杂文学会联谊会年会暨杂文的走向学术研讨会"，2014年11月，宁夏杂文学会主办"杂文名家塞上行·新时期西部杂文创作高端论坛"时特邀鄢烈山、阮直、狄马等来宁学术交流，杂文学会连续举办13届宁夏杂文大赛等活动、赛事，他都是活动组织的中坚力量。2013年5月，宁夏杂文学会创办会刊《西北望》（季刊），2011年出版并发行第25届全国杂文学会联谊会的年会专辑《西北望》以及学会出版的《湖畔随笔》丛书、《2013：宁夏杂文十人集》、《思志——宁夏杂文20年作品遮拾》等文集，他担纲副主编进行组稿、文章编选及各方联络事宜，其中《思志》被评为"2016年全国优秀社会科学普及作品"。

他是杂文专栏编辑，同时也是杂文专栏作者，迄今出版的《满地找牙》《痒痒肉》《找不到北》等杂文集也多受好评。作为《银川日报》的资深编辑，他长期与文字打交道，熟谙时事新闻和人情物理，其杂文较少火气和正襟危坐的批评锋芒，看似平淡无奇，却在回味之后让人无言以对社会的许多"怪现状"。生活的幽默和人情的练达使王涂鸦认为，杂文只是"痒痒肉"而已，但这个"而已"却恰恰能显现王涂鸦的性情和行文风格。"王涂鸦的杂文写作，正如他的名字，也如他的人，信笔涂鸦，一派玩世不恭，漫不经心。他的杂文题目随意，行文自如，有时似几分市井小民的油滑味，嬉笑怒骂，涉笔成趣。但是，读着读着，就有思出云外的感觉。"[1]

《二十一世纪宁夏杂文丛书》收入王涂鸦的《满地找牙》。该集不论是归于"乱炖篇"的大多数文章，还是少数称为"青涩"不太流畅的短文，他以最大众化、口语化（甚至宁夏方言）的语言为标题，如"没脾气""闪折了腰""菜摊子与命根子""别傻了"等。以最世俗化的调侃，或谈天说地，或议论最新的新闻敏感事件，或鸡毛蒜皮的家长里短，却处处闪现作者的生活智慧。直面生活，幽默调侃，用地道的生活感受表达思考，《处女与富豪》从当下司空见惯的现象里叹息人的生存悲剧，人性失落，何谈道德和美好？有些不知羞耻的女性可怕，心理变态的富豪更愚妄。轻说慢写，三言两语，绵里藏针，可见其文字的"油滑"和功夫。王涂鸦不讲大道理，他只谈生活的点点滴滴，不讲学问，不愤世嫉俗，只是聊聊天，却让人明白了事情的就里。《再也不让娃娃上大学了》从一个贫困农民培养大学生的经济负担到毕业后没有合理的就业渠道，对底层人生存的某种"脆弱"有了简单而又真诚的批评："能不能让一个娃娃上大学，应该不仅仅是一个家庭的事，而是整体社会和国家的事。"[2]《满地找牙》就是街头打架的一个观望，涂鸦却感到羞愧，把许多的不屑抛洒于纸上。《农民工和包工头》凸显中国各阶层人际关系的不和谐，翻阅过往看似轻松的一个对比和议论，

1  闵生裕：《书香醉我》，阳光出版社，2010年11月，第80页。

2  王涂鸦：《满地找牙》，宁夏人民出版社，2008年11月，第74页。

揭示边缘底层的人们只能陷入恶劣的生存处境的可悲现实，作者深切的同情直透纸背。"十年了，我的父亲。"朴实无华，催人泪下，貌似冷与淡，其实多愁善感，却寓情于淡然而调侃的口气之中。生活与文字在王涂鸦笔下消解成一篇篇不显山不露水的小品杂文。生活玩味透了，杂文就有了幽默的快乐，嘲讽的锋芒。

第二本杂文集《痒痒肉》最能体现王涂鸦的个人风格。杂文的意义微茫，却让自己有一种"痒痒肉"的生理触动。这种平易中见深致，调侃中不无超越，伪饰之君子实难为之。阅尽人间世俗事，回避高头讲章，从生理的感受抚摸这个世界的"痒痒肉"，机敏而深刻，悲郁而伤痛。如《泪眼汪汪》，女大学生的无知，让读者如何回想百年启蒙批判的艰难和曲折？《躲起来罚款》，在杂文家的笔下呈现，令读者忍俊不禁。这样的事太多，落到谁的头上，谁就会"心起块垒，难以舒畅"。[1] "杂文不是骂街"，所以王涂鸦说："阮直、牛撖捺先生的作品，极少看到他们盛气凌人的质问，更多的是在诙谐与幽默之间，完成了他们对事物的态度与立场。"[2] 那么王涂鸦怎样反省自己呢——"诗人是愤怒和痛苦的产物，杂文家又何尝不是。'常恨言语浅，不如人意深。'我们感到不足的时候是一种清醒。我们感到迷茫的时候则是一种堕落。为文为人，杂文家当身体力行。这是我对自己的鞭策，因为我

1　王涂鸦：《痒痒肉》，宁夏人民出版社，2010年7月，第101页。

2　王涂鸦：《痒痒肉》，宁夏人民出版社，2010年7月，第107页。

更多的是一个杂文编辑。"[1]

《找不到北》由宁夏人民教育出版社2015年6月出版，一以贯之是报纸副刊和专栏文章的结集，因为报纸专栏和副刊的时效性和连续性，他的杂文写作也是持续连贯的。就在几位早期产生创作影响的作家淡出杂文创作舞台时，王庆同、王涂鸦、闵生裕等则因专栏的坚持而延续了创作生命，这些杂文不断跟踪新闻事件和社会问题。《找不到北》从老汉故意划车招致官司事件认识到中国的老龄化问题必须引起全社会的高度重视，"这有些倚老卖老，有些找不到北，是漠视法律的表现"，[2]由此作者发现仍然存在于社会底层的"仇富"甚至"仇官"心态，是很多变异行为，而且作者强调对文明的维护应依赖于法律，在"找不到北"的时候，找一下法律，法律会为城市文明指路。《关键词：坚硬的脖子》借周啸天《将进茶》获得鲁奖引起舆论哗然，呼吁任何评奖都应确保公平的原则，以评选出真正优秀、可以代表此一时期国家精神和时代文化的作品，正如加拿大作家阿特伍德所说：一个想以写作为生的人，必须要有最坚硬的脖子。写作就是在黑暗中窥探，坚硬的脖子是一种不屈服的姿态，黑暗中的窥探是为了寻找光明，"文学应该离什么最近离什么最远，现在看来还真的是个大问题"[3]这是作者的发问，也是每个研究者或读者内心的诘问。

1 王涂鸦：《痒痒肉》，宁夏人民出版社，2010年7月，第109页。

2 王涂鸦：《找不到北》，宁夏人民教育出版社，2015年6月，第167页。

3 王涂鸦：《找不到北》，宁夏人民教育出版社，2015年6月，第60页。

现代杂文始于《新青年》，兴盛于周作人、鲁迅等"五四"作家自编的副刊和杂志，和传统的新闻报道一样，专栏评论类的杂文也有短小精悍、紧贴时事的特点。宁夏作家在专栏写作方面，前有暮远、马河、王庆同等，后有王涂鸦、谢薇、闵生裕、师涛、闵良等，皆在新闻界和杂文领域产生了良好的影响，王涂鸦对宁夏杂文的功绩在于他引领了宁夏报纸副刊的杂文编辑和专栏写作。2006年，宁夏杂文学会换届改选后，《银川晚报》开创《杂文之声》专版，时任学会副秘书长的王涂鸦负责该版杂文的编发，2011年，《杂文之声》转到《银川日报》，继续刊发杂文作品至今。

## 第二节　人生五味：季栋梁杂文的声、色、味

宁夏作家季栋梁小说、散文成就颇高，他的作品曾两次获鲁迅文学奖提名，他写杂文也是得心应手。季栋梁已出版长篇小说《奔命》《胭脂巷》《我的从前在说话》《上庄记》《海原书》，散文集《和木头说话》《人口手》《从会漏的路上回来》，杂文集《左手功名　右手美人》，截至目前已经发表小说、诗歌、散文500万字，被誉为宁夏文学界的"新三棵树"之一。

季栋梁，1963年4月14日出生于宁夏同心县，

作品先后被《新华文摘》《小说选刊》《小说月报》《中篇小说选刊》《散文·海外版》《散文选刊》《小小说选刊》等转载，并入选中国文学年度排行榜、年度最佳诗歌、最佳散文、最佳小说、最佳小小说等各种选本。《生命的节日》和《夏日原野上的追赶》分别选入中学语文教材。小说《觉得有人推了我一把》获中国文学奖，小说《和木头说话》入围第三届鲁迅文学奖。2006年8月短篇小说《奔跑的风景》入选"中国原创小说8月推荐榜"。获2006年度宁夏"德艺双馨"文艺工作者称号。2007年1月25日，"百花迎春"首届宁夏文艺界迎春联欢会上，获得"镇北堡西部影城文学艺术奖"。2014年小说《上庄记》获中国第十三届精神文明建设"五个一"工程奖。有作品被翻译为英、法、俄、日语及中国少数民族语言，并被改编成电影、电视剧。曾任《华兴时报》副总编辑，现任宁夏回族自治区政府参事室副主任，宁夏杂文学会副会长，中国作家协会会员。

季栋梁的杂文贴近人性本身，其杂文的内在命力皆发源于"食色，性也"，他的文字直抵人内心的本质需求，揭示世俗人间的浮世绘，宛若五味俱全的风情画卷展现在读者眼前。相较其他宁夏杂文作家，季栋梁杂文少了文化批判的沉重严肃，少了忧国忧民的士子心怀，少了伤怀悲世的哀怨悱恻，更多是爱憎分明的快意恩仇、活色生香的生活五味、痛快淋漓的嬉笑怒骂和有声有色的讽刺调侃，读来大有六月饮雪的快活。这一杂文形态与大众文化潮流相呼应，较多体现在季栋梁、王涂鸦和闵生裕的部分杂文中，他们自成一景，在他们这里，雅与俗、严肃与戏说、形而上与形而下的边界开始变得模糊，传统的、主流的文学观念开始受到挑战，而宁夏杂文在新时代下转型的复杂与多元则在这类杂文中得到一定程度的体现。

《左手功名　右手美人》是《二十一世纪宁夏杂文丛书》之一，2008年12月由宁夏人民出版社出版。擅长小说创作的季栋梁写杂文

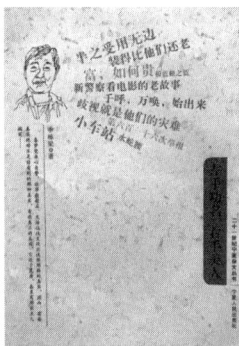

完全是另一种直逼人性、酣畅淋漓的状态。书中《从A点到B点耗时的文化实用内涵》一文大谈"饮食文化"，在大大小小的节日中，美食被赋予传承文化的重任，对吃文化的大肆渲染和张扬也日盛一日，因而餐饮业一方面在传统中寻找吃的基因，另一方面又在追求时尚，在这一文化背景下，食文化的与时俱进甚至胜过城市建设。"'游龙戏凤''鸳鸯同眠''玉女出浴''小蜜傍大款''如胶似漆''三戏二奶'……食色，性也，面对这些词汇，你先食呢？还是先色呢？"[1] 讽刺餐饮业菜名中的特殊暗示，"这可以堪称从'美食'到'淫食'成功地实现实用性转化典范了"。[2] 该书第一篇文章《左手功名　右手美人》从杭州市评选出包括钱塘名妓苏小小在内的10位西湖佳人引起社会各界轩然大波，"左手功名，右手美人，是历代文人最为常见的心态"，认为"还是一种褒狎心理，即使是千秋香骨冷透，苏小小还是摆脱不了被人玩弄的境地。柏拉图在《理想国》里说：'所有人，甚至君子心里，都有不羁的兽性，从睡梦中向外张望。'这种兽性在君子心里尚如此可怕，到了小人心里便更是可怕得了得"。[3] 又有《伪名儒，不如真名妓！》《心中有妓奈何他》《不与声称不好色的男人交往》等回应，对世俗之态、虚伪之风、假模假样的伪饰、受功名羁绊的伪名儒、道貌岸然的伪君子无情痛斥。季栋梁有真性情，他自动放

1　季栋梁：《左手功名　右手美人》，宁夏人民出版社，2008年12月，第44页。

2　季栋梁：《左手功名　右手美人》，宁夏人民出版社，2008年12月，第45页。

3　季栋梁：《左手功名　右手美人》，宁夏人民出版社，2008年12月，第3页。

弃知识分子启蒙式的精英说教姿态，茶楼酒肆、家长里短、市井民生莫不涉及，很多杂文中，婚姻、爱情、艳遇、绯闻、婚外情等作为主题成了解构现实的利器，体现一种对人世百态的狂欢式揭露，反讽式地展现真实的社会现实和时代现象，其新鲜、独特的描述甚至超越了写实层面，达到一种戏谑、幽默而富有思辨的效果。

杂文家阮直曾在座谈会上说季栋梁的杂文是文学的杂文，其杂文审美观照的基点是人性的劣根，他破解的是人生命基因图谱的密码，他通过人的好色、淫欲甚至是简单的《春光可以乍泄》这些浅层的肉身之事完成对人心灵的解剖。如收进《杂文：宁夏十人集》的《强暴了你后再说"我娶你"》《"泡妞"与"增值税"》《不仅"一液情"，还有"包二乃"》等，收进《2013：宁夏杂文十人集》的《不淫欲，能持否？》《结婚离婚那些事儿》《艳遇，从最卑劣到最高尚》《好色面前人人平等》等，文章带有浓厚的市民趣味，这些杂文以谐谑的方式描写在经济体制转换背景下，人们在爱情、婚姻、性等问题上价值观念的迷失，精神支柱的失衡，通过嘲人嘲己，以玩世不恭的态度对生活中不平事作嬉笑式发泄，从中寻求刺激与快乐，充满柏杨、李敖式的"痞"气。这些杂文往往游离在社会秩序的边缘，是伴随着市场经济发展而兴起的平民文化的产物，体现了文学与大众文化紧密结合的特征，在审美上追求通俗、刺激和大众化趣味，再现生活现实的滑稽荒诞。这类文章中插科打诨、俗语俚语比比皆是，以不严肃的语言说不严肃的事，以调侃的方式把哲理、世象、道德等严肃话题与俚语俗语混合交织，达到反讽效果，消解了神圣与崇高，打破了权威与秩序，还原了人类存在的本然，从而更容易在市民阶层和世俗意义的人本身引起共鸣。季栋梁杂文的通俗性、可读性、趣味性、庞杂的生活信息量正来源于此。

季栋梁杂文饮食男女主题的主观选择和戏谑俚俗语言的运用，使精英的批判和沉重的人生获取了暂时的喜剧效果，自由释放着写作者内心对现实的反抗意识，也使阅读者容易获得一种虚幻的精神满足。他从不同的视角呈现出杂文家对大众化世俗化的诸多理解与把握，揭示现代化变动秩序中市民生活的各种情状，杂文形态和话语方式疏离传统的可能性与自在性，使读者看到其杂文依托的现实市民社会在价值观、生活观、文化观上与主流社会相联系又相区别的渐变倾向。


## 第三节　革命记忆：巴图杂文的文化思考和回归意识


《二十一世纪宁夏杂文丛书》总序中牛撖捺认为"中国当代文学以小说为正宗"。不可否认，诗文是中国古典文学的正宗，而小说是现代文学主流文体。在现代大众化生活的现实境遇中，小说娱乐消遣的现世品质特别是在揭示日常生活和人性幽微的丰富深刻方面不无文体的优势和叙述描写的便利。但仔细揣摩，中国文人对诗言志的钟情和文以载道的现实情怀是无法真正改变的，他们的入世情怀都深深蕴藏在舞文弄墨自我闲适的文字写作中，这是小说代替不了的。无论是周作人在《新青年》《语丝》推陈出新的小品美文的闲散追求，梁实秋于《新月》月刊推崇的节制情感清雅通脱的艺术品格，或是鲁迅从小品杂文而坚守的现实批判和文明批判等，皆为传承文脉的正宗所在。这样的感触笔者在近年编辑宁夏杂文学会杂文丛书的过程中有了更多的认识和印证。2008年宁夏杂文学会出版《二十一世纪宁夏杂文丛书》时，巴图的《以革命的名义》就是丛书其一，许是巴图谦逊谨慎或对自己的书稿要求甚高，以至《以革命的名义》4年多后才得以面世。这本杂文随笔集出版后，"二十一世纪宁夏杂文丛书"也算是10册具备、圆满完整了。

巴图，本名杜再良，1963年3月30日出生，内蒙古达拉特旗人，蒙古族杜达其部落后人。1983年到1987年就读于中央民族学院哲学系。曾从事教学、编辑工作，发表杂文、随笔、理论文章多篇，多年来业余从事西方政治哲学的研究。曾任宁夏杂文学会副会长，2017年学会换届改选，担任宁夏杂文学会会长。

闵生裕在《猛士如云唱大风——〈二十一世纪宁夏杂文丛书〉点评》一文中说："巴图是宁夏杂文界的隐士，他的杂文见世不多，但文笔老练，直击时弊。面对沉沦的文化他曾摇头叹息，面对失落的人文精神他曾纵情呼唤。"[1] 和其他杂文作家相比，巴图创作较少，却质量上乘，《以革命的名义》处处流露着哲学批判和历史反思的意味。一册素朴练达怀旧意味甚浓的《以革命的

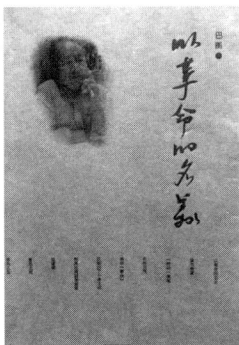

----

1　闵生裕：《书香醉我》，阳光出版社，2010年11月，第80页。

名义》可以看出作者无疑是以慎重而谦抑的态度对待自己的写作。作者从1995年到2011年近20年间的创作中精选20余篇结集，数量不多，篇篇精精当当有声有色。20年，一个勤奋的创作者兴许已著作等身，而巴图显然不属于这一种，他或许只是在勤奋思考，在坚持写作，以抵抗现实生活带来的压迫和怠惰。这些文章依稀是记忆的轨迹，也是心灵的安栖地，是关乎读书、道德、民主、历史种种的文化思考，也是处处牵涉童年记忆、父母亲情、个体生命体验的意识回归。

作者依恃丰赡的哲学素养，深入浅出，絮絮议证，语言深沉慷慨间颇显锤炼功力，这在《鲁迅之死》这篇杂文随笔也有淋漓尽致的体现。作为20世纪中国伟大的思想家文学家，鲁迅堪称现代中国的民族魂，他的精神深刻影响着他的读者、研究者，以至一代代中国现代作家、现代知识分子，尤其是包括巴图在内的杂文创作者们。作者试图在现实的生存和读书的沉静中保持独特的文化思考，在《读书态度》《悦读，并痛苦着》等文中，巴图饶有趣味地围绕"读书"这一主题阐发自己的观点。作者数次谈到自己的读书经历，如少年时期"小小的炕桌上，煤油灯下，三个光秃秃的小脑袋挤在一起，房子里便溢满了朗朗读书声"，[1]（《读书态度》）干农活，做功课，读闲书，这仿佛是作者童年时期很重要的一些活动，这些活动留给作者一生的记忆和写作

1 巴图：《以革命的名义》，宁夏人民教育出版社，2013年1月，第11页。

体验。作者也以调侃的笔调回忆了多年前在北京图书馆与一时尚女孩同在阅览室借书看的一幕："阳光从结了些许冰花的巨大玻璃窗洒了进来，打在那姑娘的一侧，她脸上乳气未脱的茸毛被描成淡淡金色"，作者承认自己一个上午"一个字都没有看进去"，"但那是一个最值得浪费的上午"。[1] 当然作者对十年前"躺在自制的小床上读顾准时的兴奋记忆犹新"，谈到顾准对他的影响"至少有两个：一个是培养了我以读小说的热情去读经典；一个是彻底改变了我的思想"。自此，作者开始大量阅读古今中外有关政治哲学的名家经典，并且产生"同样的激情和兴奋"和"筋疲力尽的快感"。读书令人兴奋，也伴随着痛苦，这种痛苦是面对藏书"无所适从无所事事无从下手"，是"阅读速度远远赶不上购书速度""需要购买需要涉猎的书越来越多"的彷徨，是"必须读点什么的痛苦，是读书计划没有着落的空茫，是年岁渐长精力不逮的恐惧"，是"记忆力不堪一击地衰落了"的焦虑。[2]（《悦读，并痛苦着》）即便如此，作者依然兴致盎然地写道："我既不敢妄做千古之秀的文章，又不想充当荣耀故里的仕宦"，"读书，为的是求真、求美，求得心胸豁然、彼此会意的愉悦，兴趣使然"，可谓道出了读书的本质。至于夜深人静"看上几节、几页，合上书本思绪便蔓延飘散开来，每有所悟，喜不自禁"，或在"细雨洒门

1 巴图：《以革命的名义》，宁夏人民教育出版社，2013年1月，第87页。

2 巴图：《以革命的名义》，宁夏人民教育出版社，2013年1月，第85页。

1　巴图：《以革命的名义》，宁夏人民教育出版社，2013年1月，第12页。

阶""飞雪扑窗纸"的天籁声中，"读奇文、啜烈酒、听美乐"就"算得上是人生至乐"的真性情了。[1] 这类叙述可以领略到作者理性节制的人生哲学，由读书谈人生谈世相，最初的兴起，最终的兴落，在起伏跌宕之间卒章显志，表达着一种悱恻深郁又不失冲淡平和的趣味。在《"爱国"标准是什么》《汉朝出了个孝文帝》《制度比美德更重要》《西行散记》等文章中亦用这种类似的笔法，引经据典，臧否人物，表达对历史人物历史事件的观点，彰显社会演变过程中文人的政治文化心态。

　　巴图的文章除了从宏大叙事进行社会历史和人事物象的观照，也通过自己的读书体验表现主体丰富复杂的心灵世界，但通观全书，童年回忆和生存体验挥之不去地弥漫在字里行间。作者在个体的写作中进行着诸多文化思考，也在零零落落的故土记忆和亲情描摹中试图回归生命个体的本真，以寻求某种精神力量，达到对当代生存困境的解脱和超越——至少或多或少对现实的庸常形成具有内在张力的对抗。在文化和人心的层面揭示了当代知识分子对特殊年代的特殊记忆，其根本目的似乎更多在于对生命本体和生存方式的关怀，在于个体的生命权利是否得到了捍卫。《四季童年》《碎片》等文章是一些片段式的回忆和思考，这些片段本身单独成篇，乍看只是闲说往事，似乎无关宏旨，但散漫流畅的书写信手拈来，从容自若，无不关乎内心的旨归，闪烁着温情、思辨而不失感伤的光芒。"多少次，我坐在马车车尾，看着村庄一点点远去""我急切地、恋恋不舍地背叛了它""多少年后，我再见到的是一个陌生的村庄"，十几年的乡村生活记忆，"对于塑造一个人是足够了的，就像千万年前的陶器，不管多么破旧，一定还是刚出窑时的模样"，[1]（《四季童年》）作者在这种真诚的回忆中求得心灵的回归。这些回忆不主意境的营造，甚或无意抒情，只是从容自若，点点染染，凸显心境之经纬，实际上则是对故土重新发现和还原的过程——固然这种还原已经无法恢复到最初的景象。与故土记忆相对应的是当下的现实生存，这二者无疑是对立又统一的，《得失人生》《城市的梦》等篇集中梳理了作者的这一类情愫。作者从小做着关于城市的梦，"这个梦于我有一种象征和隐喻的意义"但有一天，关于城市的梦真的实现后，自己却"总感觉还站在那片庄稼地里"，个体的人在城市里只是"一个个纷乱的符号——城市背景里可有可无的陌生符号""小时候向往的城市，已让我提不起精神，反倒怀念起乡下的生活"。[2]（《城市的梦》）作者也反复问自己"为什么我直到现在还在怀念童年，怀念童年的无忧无虑、童年的好奇、童年的率真"，在得与失之间，弥漫着几分悲凉的艺术氛围，"人生的斯芬克斯之谜挑逗着生生不息

1　巴图：《以革命的名义》，宁夏人民教育出版社，2013年1月，第100页。

2　巴图：《以革命的名义》，宁夏人民教育出版社，2013年1月，第80页。

3　巴图：《以革命的名义》，宁夏人民教育出版社，2013年1月，第78页。

1 巴图：《以革命的名义》，宁夏人民教育出版社，2013年1月，第113页。

的人类"，[3]（《得失人生》）可是"我已经没有解谜的热情了。连自己女儿那些鬼气精灵的小问题，都懒得动脑筋"，[1]（《碎笔》）人生依然是一个又一个解不开或不愿解的谜。这种语意上的模糊，审美上的虚幻，找不到救赎与解脱的焦虑体验，形成了作品独特的审美意味。

巴图以个性化的文化思考来凝聚作品意象，以洗练、闲适又不乏几分苦涩苍凉的语言营造着自我的精神世界。对荒诞历史的理性反思，对社会人生的文化思考，对乡土亲情的痴痴眷恋，对流年岁月的不无疲惫之色的怀念，统一构成《以革命的名义》主体意识的回归和呼应。对文学个性化和独特性的不断逼近，是文学通往多元化状态的必由之路。千古文人有着相似的入世情怀，又有着超然的精神追求，无论作者生活中的角色是什么，只要在写作，必然会有其个人化的眼光和思考。笔下文字，要直面自己内心，也要直面现实生活。正是这一路径的创作，恰使巴图和其他宁夏杂文作家的意义因此而丰满起来。

将"养天地正气，法古今完人"作为自己的最高精神追求，也把这样的追求坦荡无遗体现在著作中。

——第十一章

# 第十一章
## 横笔舞东风：闵生裕和陈志扬的杂文

　　宁夏杂文作家群充满健康的生命活力，有老一辈作家在20世纪八九十年代的数量不菲的创作支撑，也有近十几年青年一代青春勃发豪气四溢的创作相继。进入21世纪以来，王庆同、牛撇捺、王涂鸦等创作力不减，保持着之前的创作数量和水准，邢魁学、荆竹、暮远、马河等创作量逐渐减少或中断杂文写作，但宁夏杂文的创作态势并未削减。年轻一代陆续崭露头角，尤其闵生裕等年轻作家以其特有的敏感和激情勤奋投身于杂文创作，呈现出后来者居上之势。同期的陈志扬虽创作量相对较少，但质量上乘。此二70后作家皆有艰辛苦涩的底层农村生命体验和如火如荼的部队从军生活经历，又先后转业或调动至政府部门工作，热爱杂文写作且擅长书法，两位作家还有一个共同的特点是写杂文倚马可待，一气呵成，都是创作杂文的快枪手，颇有军人速度和军人作风。本章有必要分别阐述一下闵生裕和陈志扬的杂文创作。

## 第一节　拒绝庄严：闵生裕杂文的浮生三侃

闵生裕是近年来宁夏杂坛颇有影响的青年杂文家，在年轻一代宁夏杂文作家中，闵生裕创作成果最丰盛、创作后劲十足且杂文作品质量上乘。其语言率性随意，不改批判本色，无论早期的《拒绝庄严》《都市牧羊》还是后来的《浮生三侃》《书香醉我》《一个人的批判》《操练自己》等都达到了一定的水准，为宁夏杂文注入了强劲的力量。

闵生裕，1970年9月1日生于宁夏盐池，曾用笔名乙人、生鱼、牧野等。中国评论家协会会员、宁夏作协理事，宁夏杂文学会副会长，中国硬笔书协组联部委员，宁夏硬笔书法家协会副主席、秘书长。他于1995年、2006年先后毕业于宁夏大学中文系汉语言文学专业、陕西师范大学汉语言文学专业。1995年到2008年在宁夏公安厅警卫局服役，2008年到2011年在宁夏新闻出版局工作，2011年至今在宁夏党委宣传部工作，先后在办公室、理论处、宣教处、文艺处任职，现为宣传部调研员。他1993年开始杂文、随笔创作，在《杂文报》《杂文月刊》《经典杂文》《解放日报》《澳门日报》《朔方》《当代小说》《黄河文学》《文学报》《宁夏日报》发表大量杂文、随笔及文艺评论。他先后在《新消息报》《银川晚报》《华兴时报》《宁夏法制报》等报纸开设杂文专栏。出版杂文集《拒绝庄严》（内蒙古人民出版社，2004年3月），《都市牧羊》（内蒙古人民出版社，2005年3月），《一个人的批判》（宁夏人民出版社，2008年11月），《浮生三侃》（宁夏人民出版社，2010年4月），《操练自己》（宁夏人民教育出版社，2012年5月），读书评论集《书香醉我》（阳光出版社，2010年11月），乡土散文集《闵庄烟火》（宁夏人民出版社，2012年3月），文化随笔《追风魏晋》也即将出版。他擅长书法、美术评论，足球评论，曾组织参与宁夏杂文学会相关杂文丛书、杂文集的编辑工作。杂文集《一个人的批判》曾获第八届宁夏文学艺术奖散文二等奖，《王朝归来：历史不止是三百年后的人写的——评大型纪录片〈神秘的西夏〉》获首届贺兰山文学奖三等奖。先后获宁夏新闻奖二、三等奖，四次获全区杂文大赛一等奖。他的杂文笔锋犀利，思想深刻，文采飞扬，见解独到，深受广大读者喜爱。

闵生裕的《拒绝庄严》《都市牧羊》收录比较丰富，杂文、读书笔记、闲情随笔等皆有。之后就有意识地突出杂文集的整体风格，如《一个人的批判》侧重于文化随笔，尤其是关于知识分子的杂文随笔，《浮生三侃》主要是谈艺术、谈女人、谈足球，《操练自己》则是比较纯粹的杂文。十年来阅历的增长，阅读的积累和对自己持续不断的"操练"，其杂文已逐渐形成遒劲犀利、幽默诙谐、率性不羁的风格，在宁夏青年杂文家中，闵生裕的勤奋，无人能右，近十年来他的创作几乎从未停歇。闵生裕的杂文针对性极强，针对社会上发生的事，快速反应，一事一议或几事一议，有些文章有时政评论的味道。杂文的生命力，某种意义上在于其现实干预力，如果脱离现实，游离于现存社会与人们的感知感觉之外，杂文的生命也会终止。闵生裕对现实生活的敏感与干预，使其杂文青春勃发，豪气四溢。牛撒捺在

《拒绝庄严》序言中说："他所生活的时代，他所观察与体验到的社会现状问题多多……忠直之士不能不忧心，不能不愤懑，不能不呐喊，不能不抗争。发而为文，大多便成了杂文。我想，写杂文的人，多是特定时代造就的特定的发言人。这样的人，过去有过很多，比如鲁迅，比如夏衍弩，现在也有不少，比如严肃、牧惠、鄢烈山、朱健国，比如暮远、邢魁学、闵生裕……"[1]闵生裕出生于毛乌素沙漠边缘长城脚下宁蒙交界地的小村庄——闵庄，他说他来自偏僻贫瘠的西部农村，来自充满艰辛和苦涩的底层社会，为底层代言表达百姓呼声就成了他的主观意愿。他敏察、善思，怒贪官之无耻，哀百姓之无助。马河曾在《拒绝庄严》的序言《沙漠边缘崛起的雄性》中将闵生裕引以自比："小闵与我相类：他性格稍内向，我也内向；他在农村牧羊拾柴，我在乡间放牛拾粪；他渴望多读书而无书读，我希望有书读而读语录；他学中文而长于思辨，我学法律而长于中文。归结一点，他写杂文，我写杂文，原来都是穷怕了，苦怕了，遂拿起笔写些儿为弱势群体撑腰的杂文。有百姓寄望于他，也有百姓寄望于我，可见，途不殊，归亦同。"他赞叹闵生裕的文章使他认为"在西部尚有中国的脊梁在，尚有忧国忧民的志士在"。[2]与《拒绝庄严》相比，《都市牧羊》收录了一部分关于乡土和校园的散文——如作者所说，"那是最贴近肌肤的文

1 闵生裕：《拒绝庄严》，内蒙古人民出版社，2004年3月，第2页。

2 闵生裕：《拒绝庄严》，内蒙古人民出版社，2004年3月，第7页。

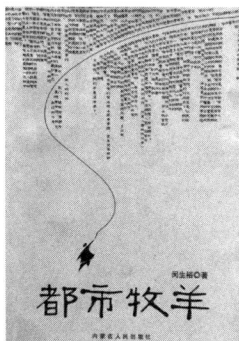

1 闵生裕：《一个人的批
判》，宁夏人民出版社，
2008年11月，第33页。

字"，"中国杂碎"一辑中的杂文，专门集中了为百姓鼓呼呐喊的文字，充分彰显其惯有的平民情怀，至于书评和文化随笔则更加率性，不拘形式，只凭感觉为之。

在2008年前后，闵生裕对中国知识分子进行了深度思考，付诸文字即为《二十一世纪宁夏杂文丛书》之一的《一个人的批判》，比如收入这一杂文集的《烟蒸文人》《酒泡的文人》《钱眼中的文人》《烟花巷中的文人》《官场中的文人》《文人眼中的文人》《文人的洁癖》等，探讨了文人与烟、酒、银子、做官等之间惟妙惟肖的关系，在洋洋万言的《知识分子的使命与宿命》中提出："新时代的知识分子应该做的是，努力挖掘并留住我们民族关于伤痛的记忆，继而重铸民族之魂，这是我们的使命。""真正的知识分子应该有批判和怀疑精神，他们未必处处特立独行，但是，无论现实多理想，就算是理想到不刺只颂的地步，我们也不能表现得太狗。"[1]这类文人知识分子系列随笔在主题上沿袭了张贤亮、暮远、马河等杂文作家的传统选择，对中国知识分子的命运进行了探索性思考，只是闵生裕笔下的"文人系列"有意规避严肃沉重，而更多体现他们可爱多姿、诗酒性情、风花雪月的一部分。闵生裕读书驳杂，但偏好杂文随笔，喜读李敖、柏杨、龙应台、鲁迅、林语堂、王小波、余杰等。"曾因酒醉鞭名马，生怕情多累美人"，他自称喜欢郁达夫式放浪形骸的率性激情；"横眉冷对千夫指，俯首甘为孺子牛"，也欣赏鲁迅冷眼观世的傲岸个性。作为杂文作家，他关注文人，关注作家，尤其热眼关注宁夏杂文家的创作，曾以杂文作家的视角品评牛撇捺、暮远、马河、邢魁学、王庆同等人的创作。这一类读书札记、杂文评论多收进《都市牧羊》《书香醉我》一书中。

    闫生裕写杂文随笔涉猎较广，他在宁夏硬笔书法界颇负盛名，也一直关注书画艺术，写了大量的艺术评论和随笔。他受宁夏媒体特邀评论过两次世界杯足球赛，这一部分文章也很受读者喜欢，此外还零零散散地写了许多关于红尘男女和爱情婚姻的闲情随笔，颇见真趣。郭可峻评价他说："生裕是个多才多艺的人，他兰质蕙性，颇有悟性；博览群书，每有所得；遍临名帖，颇得神韵。每每读他的文章，浓浓的书卷之气扑面而来，观其硬笔书作，形神兼备，仪态丰神。"[1]（郭可峻：《谁人横笔舞东风》）在《拒绝庄严》第四辑"浮世闲情"中，作者状写烟酒茶茗、琴棋书画、衣食住行、红尘男女、爱情婚姻等，下棋、抽烟、喝酒，这类文字充满了性灵和闲情，字里行间无不洋溢着他对闲适生活的陶醉与热爱。2010年出版的《浮生三侃》集中了艺术、男女、足球三方面的话题，都是娱人娱己的闲情文字。"门外谈艺"是一部分关于书

1　闫生裕：《都市牧羊》，
　内蒙古人民出版，2005年3
　月，第272页。

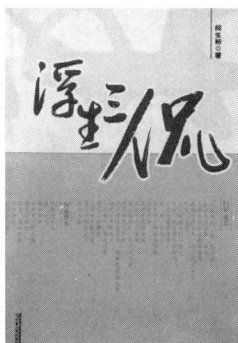

画的评论和品评文字，有古人的，有今人的，更有作者身边熟悉的书画家。"闲谝男女"是一些任心由性的文字，身在万丈红尘，感悟两性情感，思索烦恼人生，这类文字当属闲情小品。"歪侃足球"是作者在2006年德国世界杯期间应约为《新消息报》写的足球评论。"与欧美足球相比，中国足球乃至亚洲足球是最适合写杂文的。我们流着口水，看着豪门盛宴，损着不争气的中国足球，可以说，借雷米特金杯，浇心中块垒。""我喜欢那些带着烟火味、市井味、江湖味的文字，并且努力为之。当然，作为一介杂文匹夫，在风花雪月或闲情逸致时，依然不改自己的批判本色，因为这些文字写得放松不羁，所以恣情忘形之语不时出于笔下。""我的关于艺术男女和足球的文字。雅也好，俗也罢，汤汤水水地端上来供读者品尝。虽是庸僧谈禅，但我独享受一份言说者的快乐。如果能带给读者些许快意，那是我再欣慰不过的事。"[1]（《浮生三侃·自序》）读者可以从中可以看到一个率性的自在的文人。在宁夏作家中，闵生裕自称为"幽默大师"，他认为自己草根情结比较重，语言比较通俗，甚至把一些乡土的俚语俗语都用到文章里，因而他的文章的受众比较多，大家都爱看轻松，觉得热闹、有味道、有意思。他的写作几乎不避俚俗，土语、俚语、俗语比比皆是，语言不免粗糙，甚至不修边幅，但作者认为这"更接近

1 闵生裕：《浮生三侃》，宁夏人民出版社，2010年4月，第2页。

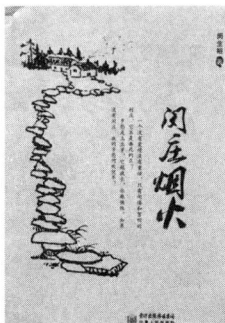

真我"，这是本土意识的自然流露，读来亲切有趣，这类文字在2012年出版的乡土散文集《闵庄烟火》中体现尤甚。从另一个角度说，作者主观上不愿过分追求语言形式的精美纯熟，在甜腻酸辣风味俱全的文字里强烈维护本土的原汁原味和真实的自我个性，这对一个多产而迅捷的作家来说，无可厚非。

2009年，宁夏杂文学会在宁夏复朴斋艺术展馆为闵生裕召开了杂文作品研讨会，此次研讨会是宁夏首次为杂文作家组织的个人作品研讨。研讨会上，牛撇捺、邢魁学、马河、牛愚、朱世忠、张廷珍、徐向红、刘明钊、张不狂等分别针对闵生裕创作的高产和成就以及语言等存在的问题从各个角度进行阐释讨论。时任宁夏杂文学会副会长的杂文家朱世忠提出："杂文的品格如何锻炼成，任何作家都一样。一个作家的文化个性、文化素养与其根植的生活土壤密不可分，也与宁夏杂文界努力营造的环境有关。闵生裕生长于盐池农村，他的成功与那片苦土对他毅力的锻造密切相关。没有思想成不了杂文家，闵生裕用他的思想感动过人，影响过人。他是一个标杆。关于闵生裕杂文的语言，比如方言、俗语甚至是俗段子的运用，这有待于我们共同理解商榷，我以为作品有其时代延续性和穿透力，我们应该考虑作品的读者面，考虑别人的情绪和感受，所以，在语言操作上也要掌握分寸，做到恰到好处。"牛撤捺也充分肯定："闵生裕是一位有境界、有成就、有实力的青年杂文家。他有正气，有文人情怀，书生意气；他涉猎广泛，具备深厚的基础和素养；他甘于寂寞，尽知识分子的一份责任。"但同时也提醒闵生裕的创作在"哲学历史方面有待提高"，要平衡"网络写作和纸媒问题"，要把握杂文创作"数量和质量的关系"，且尤其重视"语言要净化要文明的问题"，可谓语重心长。青年作家的创作正是在杂文学会会员之间这种互相鼓励揄扬并纠偏指正的良好文化生态中进步成长起来的。而作家本人也非常注重克己修身，自我反省，以避免自己脑袋"制式与僵化"，在谈《一个人的批判》时，他说：对很多侍弄杂文的人来说，汪洋恣肆的是文字，卑微真诚的是内心；妄自菲薄只缘一个小我，放言无殚却因几多大爱。道貌岸然地举起良知的鞭子，我也时常抽打自己，这便是《一个人的批判》。作者把修身当作对自己的"操练"："一个人向上的过程，大概就是操练自己的过程。""操练自己从某种意义上说，指不一味地仰赖他人他物，而是充分发挥个人主观能动作用，挖掘自身潜力，最大限度创造个人价值。操练别人只能助长自己的骄气，操练自己能增长自己的能力和勇气。""将骨子里那个高尚或卑鄙的你，美丽或丑陋的你，善良或凶恶的你，高雅或低俗的你，勇敢或懦弱的你一字排开，逐个拷问之后独自操

练。我有理由相信，成功属于勇于操练和善于操练自己的人。"[1] 杂文作家将"养天地正气、法古今完人"作为自己的最高精神追求，也把这样的追求坦荡无遗地体现在自己的著作中。

闵生裕的文章出手不凡，大气磅礴，字里行间透着胆气、正气、豪气和勇气。他的杂文引经据典，文采飞扬，那是他博览群书的见证，也是他独立思考和感悟的见证。他的系列历史杂文、文人杂感和读书札记无不闪烁着智慧的光芒。其遒劲犀利的笔风，幽默诙谐的语言，激情飞扬的情感，率性不羁的表达在宁夏作家中可圈可点。

## 第二节  一根稻草：陈志扬杂文的掷地有声

和闵生裕一样，陈志扬也是军旅出身后转业至地方的杂文作家。军旅生涯培养和塑造了他们为人耿直、胸怀正义、疾恶如仇、勇于担当的性格。无论是在军队，还是在后来转业进入了检察机关，陈志扬把这种性格特征用文字展现得一览无余。机关工作之余，他坚持进行杂文创作，用文字表达立场、陈述观点、激浊扬清、针砭时弊，在报刊发表了大量呼唤正义与良知的杂文随笔作品，其中还有部分作品获奖，产生了一定影响。

1  闵生裕：《操练自己》，宁夏人民教育出版社，2012年5月，第2页。

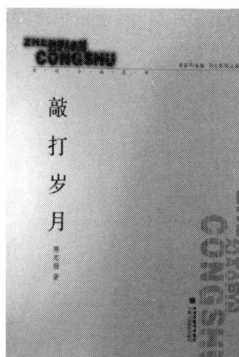

陈志扬，1973年1月15日出生，甘肃天水人。现任宁夏回族自治区人民检察院宣传处副处长。宁夏作家协会会员、宁夏书法协会会员、杂文学会会员。陈志扬行伍出身却有着文人情怀。自1990年年底入伍后，从祁连山到贺兰山，从士兵到军官，摸爬滚打，陈志扬在军营里砥砺了18个春秋。贫寒的出身和后来火热的军旅生活给了他独特的生活积累和情感积蓄，这为他后来喜欢上文学创作、书画摄影、器乐演奏等艺术形式奠定了较为厚实的基础。散文《春上陡坡》获宁夏回族自治区成立50周年散文大赛一等奖。诗歌《水中流淌的太阳》荣获"宁夏回族自治区纪念建党80周年"全国诗歌大赛二等奖。摄影作品《冬天里的给水兵》《冷的风雪热的心》荣获首届工程兵摄影大赛一等奖和三等奖，该作品被中国革命军事博物馆收藏并在"新时期军队成就展"中展出。国画作品《秋实》入选中国首届普法万里行书画巡回展。另有书法作品入选全国检察机关书画摄影展。杂文《站直了，别跪下》荣获第五届宁夏杂文大赛二等奖。出版有散文集《敲打岁月》（宁夏人民教育出版社，2011年6月），杂文集《一根稻草的力量》（宁夏人民教育出版社，2012年11月）。有部分杂文作品被《思想的地桩》等文集收录，并在网络平台及媒体传播。

　　2012年11月，时为军人的陈志扬出版了杂文集《一根稻草的重量》，这是一部杂文作家的身

份标签和文字宣言。全书呈现了一位杂文作家的理想担当和精神风骨。纵观时下杂文队伍,杂文作家何尝不是一根人微言轻的稻草,一根热爱思考的稻草?这里有着强烈而明显的身份暗示和精神寄托。杂文是社会化的文字,同时也是个性化的文字,陈志扬的杂文就有着十分鲜明的性格特征,是区别于大多数杂文作家的思想地标。

陈志扬的杂文充盈着军人的胆气和血性,这种精神性格的养成一定与他的长达18年的军旅生活和转业后进入检察机关这两种铁血职业有关,18年的军营生活锻造了陈志扬正直果敢的文化人格和热情奔放的生命气质。军旅杂文在杂文中占有重要的地位,虽然就其数量来讲算不上优势,但质量上乘,常有不凡之作,不俗之语。陈志扬的杂文就有着军旅杂文的禀赋和血性,有着金属般的质感和冰冷,泼辣犀利、仗义执言、毫不留情、无所畏惧,这是陈志扬杂文给读者最为突出的印象,也是军营生活赋予他最为可贵的品质。《金钱这个东西很难看》《喧嚣的孔明祠与寂寞的烈士陵》《美丽的谎言也是谎言》《公家的地板砖和私人的水龙头》《做官也得做学问》《领导的爱好》《好领导是一所学校》等文章单刀直入,生猛无畏,还有一些文章直接就是大声的诘问,甚至是当头棒喝,如《今年过节不送礼?》《马屁声声何时休?》《官太太,你在忽悠谁?》《你是谁的爹?》,体现了强烈的批判精神和战斗意志。陈志扬是一位检察官,他始终期待官场生态能够迎来清风正气,他的批评是严厉的,但却是善意的。他心里始终有着美好的期待,这从另一方面反映出了作家对这个时代、对这个国家和民族深沉的热爱。

陈志扬杂文的另一个特征是具有鲜明的价值取向和社会责任感。陈志扬的从军经历和检察官身份使他身上更多一些对国家和民族的认同感、使命感和责任感。这也就不难理解为什么他的杂文有着针砭时弊的冲动和倔强,有着悲天悯人、忧国忧民的性格和情怀,其文字更多地是对生活、对时代、对国家、对民族在政治层面的关切和考量，这也让他的文字有了重量和质感。《把人民的利益高高举起》《常怀一颗愧民心》《乌纱帽与遮阳帽》等文章就直接高举为人民谋福利的思想大旗，极力抵制歪风，弘扬正气，敦促官员履职尽责勤政为民，表现出了一位公职人员的操守和风骨。陈志扬的杂文作品中占相当比例的文章是批评官场腐败、揭露官员腐化的文章。《讲废话也是一种腐败》《领导讲话"穿帮"与娱乐明星"走光"》《不在其位，焉能谋其政？》等等，不只表达了一个杂文作家的忧虑和愤怒，更寄予了一个政法干部满心的焦急与期待。杂文是立足于社会并为社会鼓与呼的文字，社会责任心应该是杂文创作的根本动力，强烈的社会责任感是陈志扬杂文所反映出来的重要特征。《国学文化不是娃娃的长袍马褂》《子不教，谁不过》《关爱老人就是关爱自己》等文章充分地表达了作家对社会的关切与关心，读者能深切地感受到作家强烈的不安与忧虑以及力求渴望强化公共意识和社会责任意识的努力。陈志扬的杂文体现着公民社会所应有的法治精神和法治信仰。一个正常的社会应该是公民社会，是法治社会，在关注和认知事物的过程中始终带着法治眼光，是他的职业自觉。《浮华的月饼》《又见地沟油》《孕妇怀揣谜团拷问医院公信力》《他们的胆子咋就这么大？》等文章在充分地表达了作家在观察社会的过程中，始终体现着法治思维和法治方式，作者对法律的忠诚和对法治的信仰跃然纸上。

陈志扬的杂文充满着对生命温热的关怀和善意的关照，这种善良多来自早期成长环境接受的朴素教育。童年的成长岁月和生活经历对作家的作品题材和作品取向的影响不可忽视。陈志扬出身于甘肃山区农村，在那里，他度过了艰苦朴素的少年时光，也正是那段岁月在他的性格中植入了善良的"因子"，使他有了强烈的悲悯情怀。作家的质朴善良和浓浓的家国情怀充分体现在作品里，《幸福的农村人》《幸福就是一件花衣裳》等文章都是从身边看似平常的小事入手，表达对那些社会底层民众和普通巷陌市井的关注。不只关注人，还关注身边的动物，《怀念乌鸦》《狗的眼神》等文章就是用文字向小动物释放了人类的善意，字里行间闪烁着人性的光芒。陈志扬的杂文洋溢着作家对生活的热情和艺术的激情。陈志扬生活过的天水农村虽然地处西北，经济落后，但作为羲皇故里，根基深厚，这片文化沃土上"耕读传家"思想和传统理念，给予他最初的天然文化基因和艺术养分。那片土地上的人们身处艰苦环境但不向命运低头的乐观积极的生活态度深深影响了作者的人生观。他出身军旅，在军营生活了近20年，钢铁浇铸的军营并没有钝化他的精神，禁锢他的灵魂，火热的军营生活和别样的人生体验给予作者许多精神滋养和思想启迪，完成了生命潜力的挖掘和生活激情的萌发。有了农村和军营这两段不同寻常的生活经历，作者更加热爱生活，更加追求思想的放逐，心性的自由。《取个网名逗你玩》《创造精彩》《幸福在歌唱》《放下就快乐》等文章直接就表露了他热爱生活、追求自由的一面。

就创作的艺术特征而言，其杂文主要以下几个方面的特质。一是立论的思想性。考察陈志扬的杂文创作，重视思想性显而易见，这还得从他的身份和职业经历出发去考察。陈志扬长期在军队政治机关从事思想宣传文化工作，后来到了检察机关依然是从事思想宣传文化工作。几十年的思想政治工作经历有意无意地投射在了他的作品中。他的杂文创作处处能找到岁月的痕迹，思想政治工作的经历为他的杂文创作打上了深深的烙印。正是有了对思想性的重视，才让他的文章有了较为高远的起点和立意。二是说理的包容性。陈志扬的杂文创作刚柔并蓄、内外兼顾，有站起来厉声的呵斥，有弯下腰来细心的呵护。就在同一篇文章同一件事上，经常是强调内外兼修的，一方面是严厉的批评，一方面是促膝的谈心。在他看来，所有的劝世最终都是寻找一种精神回归和社会改良，批评是一种手段，感化也是一种手段，其终极目的是心灵关怀。三是题材的多样性。他的杂文创作就题材本身而言，是丰富的、多样的，特别是早期在军队的创作可以说达到了个人创作的鼎盛时期，而这一时期的创作题材，并不局限于军营，后来在检察机关，其笔触也不仅是指涉官场，还波及社会各个层面、各个角落。他的笔下有医院、有学校、有生产单位、有小商品市场，甚至还有宗教场所。《孟母堂PK清华园》《孩子发福，福兮，祸兮？》《网络热词背后的冷思考》《佛门有尘》等文章就把视角伸展到了社会的方方面面。这对于一个在"体制内"特别是在军队中工作的人来讲是难能可贵的，至少反映作家并没有自闭，并没有"闭门造车"，而是眼睛向内也向外，视野是开阔的，思想是自由的。

总之，维护民生福祉，作家没有缺席。陈志扬是位积极向上、勤于耕耘的作家，也是一位富有战斗精神和战斗意志的杂文作家。作为个体而言，作家犹如一根稻草，但正是因为有了这样一些稻草，才使得我们的社会总是在不断进步和完善。从这个意义讲，我们还是十分希望这个社会多一些如陈志扬这样的稻草，虽然卑微，但不卑贱，虽然言轻，但掷地有声。

年轻作家和女性作者的参
与，无疑是新生代源源不断的力
量，为宁夏杂文界增添了新鲜的
活力和亮丽的风景。

——第十二章

# 第十二章
## 塞外五十弦：新生代杂文作家的成长

　　宁夏杂文作家从来没有停止对现实的关注，急管繁弦，声音嘹亮，而值得称道的是青年杂文作家也逐渐走上宁夏文学的历史舞台，紧扣时代发展的节拍，坚持着思考与写作。五十弦翻塞外声，这些作家以闵生裕、张不狂、师涛、陈志扬、马江驰、岳昌鸿、李方、马自军、杨建虎、田永安、闵良、张贺等为代表，谢薇、张廷珍、徐向红、方圆等女作家的杂文创作也不让须眉。他们通常在20世纪90年代或21世纪后开始创作，且深受宁夏良好的区域杂文生态环境滋养和鼓舞，以自己的良知和敏锐注视着世界，以手中的笔为时代放言。

## 第一节 木已成林：青年杂文家创作日趋成熟

　　闵生裕等青年杂文家的创作成熟于21世纪以来宁夏杂文的良性环境中。宁夏只是一个西部小省，大漠戈壁、旷野荒原似乎是某种既定意象投射在世人眼中，评论界一度以"树"称宁夏作家，先是"三棵树"，再有"新三棵树"，后来据说成"林"了，从文学生态的意义上来说，宁夏杂文创作的态势和宁夏杂文作家的面貌无疑都是文化荒漠上的一方绿洲，滋养着依然热爱文学的人们干涸的灵魂。回顾近30年来，从各大报刊专栏的开设到《西北望》季刊的创办及宁夏杂文图书出版的突飞猛进，尤其是近几年的《二十一世纪宁夏杂文丛书》《牛撒捽文集》《枕边小品》《湖畔随笔》等若干套精美杂文丛书的出版，良好的区域文化生态环境为杂文作品的发表和出版提供了充足的平台，新人辈出，文集层出不穷，众木成林，宁夏青年杂文家的创作已日趋成熟。

　　进入21世纪，宁夏杂文学会会员由过去的60余人发展到后来的140余人，队伍壮大，作品多元，呈现出宁夏杂文强盛的发展潜力，宁夏文学也以此为核心得到了长足进步。牛撒捽、王庆同、荆竹、邢魁学、季栋梁、王涂鸦、谢薇、闵生裕等疾风劲草，是宁夏杂文的生力军，赵炳鑫、田永安、闵良、张不狂、杨建虎、马江池、方圆、陈志扬、刘汉立、路雅琴、徐向红、马自军、查文瑾、鲁兴华、岳昌鸿、包作军、张贺等也佳作不断。

　　赵炳鑫，1967年8月28日出生于宁夏西吉，供职于宁夏回族自治区党校。在《不可触碰的年华》出版后，又接连出版《哲学深处的漫步》（收入《枕边小品》丛书）和《孤独落地的声音》（收入《湖畔

随笔》丛书），前者是一部哲学随笔，虽然称不上是严格意义的杂文集，但作者用40多篇文章勾勒了西方哲学史上思想者的形象谱系，让读者看到了一代代西方哲人之间精神思想之传承、延续以及他们之间的认同、质疑、批判和辩驳，这正是杂文赖以根深叶茂的重要文化资源和精神旨归之一。赵炳鑫披荆斩棘，直入核心，以如此哲学功底来进行思想文化批判，则是灼见不乏，情理交融。

师涛，1968年7月25日出生于宁夏盐池县大水坑镇。祖籍陕北清涧县，曾经在山西读过三年中学，培养了写诗的兴趣。1986年考入上海华东师范大学经济系，第二年转入政治教育系，曾任该校"夏雨诗社"社长。毕业后被分配至西安，在航空航天部庆安宇航设备公司工作。1992年进入报社工作，担任记者编辑以及新闻部门领导等职务。后在太原、长沙等十多家报纸担任记者、编辑、总编等职。作为一个前校园诗人和纸媒工作者，师涛写诗和杂文兼长，两种不同的思维方式和语境，一段时间内，随时切换，游刃有余。在《今早报》和《各界导报》期间，师涛开始陆陆续续发表一些短平快的豆腐块专栏文章，主要结合当时在西安地区发生的一些社会新闻，及时表达一些感悟和看法。如《对晨练老人莫太吝啬》《强制救济，全社会共同关注的话题》《出走：为了寻找精彩的世界》《唤回纯正精神》《唯有渴望不曾改》等。之后，在《西安商报》《生活晨报》以及其他几家报纸副刊上，也同时发表一些文艺随笔。这些文艺随笔其实是结合报纸的新闻版块来反映社会现实，信手拈来，反而写得放松，不那么严肃和沉闷。比如《漂亮耳朵》写刚刚兴起的QQ聊天热，《另外一些女人》写对女子监狱采访之后的一点感慨。这样的小篇幅、小感悟非常多，以至于师涛后来相当长一段时间愿意舍弃忙碌充实的社会新闻主业而"混迹"于诗人和作家群体，寻找那份虚无的存在感和成就感。1999年后，师涛杂文随笔写作出现了一个高潮期，主要创作了一系列读书笔记，针对彼一时期的文艺思潮和市场大潮下的人心浮动做出自己的观察与思考。比如，对余秋雨现象的看法，对当代诗坛的反思，对法治文明的期盼，等等。他追求佩索阿式的精练和李敖式的烦琐，2001年年底，他创作了一篇《矫情的第三条道路》就是以杂文的方式，对当时诗坛出现的个别现象进行剖析和嘲弄。近几年来，师涛主要创作诗歌，已完成14部诗集，在杂文随笔方面，偏重于日常的读书随感、读报杂记和零零碎碎的人生感悟。这些诗集和杂文随笔集有待于陆续出版。

田永安，1969年12月2日生于宁夏青铜峡市。大学学历，现供职于华能宁夏大坝发电有限责任公司。中国电力作家协会会员、宁夏作家协会会员、银川文学院院聘作家，原吴忠市作家协会副主席，宁夏书法家协会会员。摄影、书法、写作皆有造诣，2002年成功举办《梦回湘西》个人摄影展，多家电视台、报刊做过专题报道。在《中国电力报》《朔方》《黄河文学》等全国各类报刊发表新闻、文学、摄影作品1000余（幅）件。诗歌在第二届东方杯全国诗歌大奖赛中获铜奖，在第三届东方杯全国诗歌大奖赛中获银奖；《管理者的人格力量》获《中国电力报》1997年度好新闻好作品评比二等奖；《生命之光》获国家电网新源公司党建征文一等奖。作品收入《中国新世

纪诗人诗选》《中国当代赠友诗歌大荟》《岁月雨》《西北电力职工文学作品选集》等30多种文集。注重用文学艺术形式表达自己的人生感悟，先后撰写了诸多观点鲜明、立意新颖的杂文，散见于《工人日报》《杂文报》《新消息报》《吴忠日报》等报刊。收入《枕边小品》丛书的《随风起舞》一书中历史随笔和游记散文充分彰显着作者的思想主张和人文情怀，作者以文字与生命对话，与社会交流，饱含深情地陈述了宁夏历史文化和风土人情，彰显其文字的社会价值和思想价值。

张不狂，本名张彬，生于1972年1月3日，陕西横山人。大学学历。宁夏作家协会会员，中国煤矿作家协会理事，宁夏杂文学会会员，银川市诗歌学会副会长，现供职于神华宁夏煤业集团公司。他1988年读高中时在榆林地区级文学刊物发表处女作《神鬼与人》（组诗），此后在《榆林报》《延安文学》《女友》发表诗歌等作品，后来相继在《诗刊》《星星诗刊》《诗选刊》《诗歌月刊》《绿风诗刊》《朔方》《阳光》《杂文选刊》《延安文学》《宁夏日报》等发表诗歌、小说、散文作品近千篇（首）。获得"乌金文学奖"等各类文学奖项二十多项。有作品入选《宁夏文学作品精选集》等书。著有诗集《红磨坊》《城市与山水之间》，小说诗歌集两卷本《时间的划痕》。2004年，在《银川晚报》发表第一篇杂文作品，逐渐将杂文作为写作重点，著有杂文集《马后炮》。《马后炮》共收录93篇杂文，内容多议论新闻事件，讽刺腐败作秀行为，鞭挞丑恶灵魂等，反映作者对现实社会人生的关注，对国家民族命运的关心和忧虑，对时代文化的责任和担当。文章论说精辟，鞭挞有力，旨在揭开表面的虚伪，直指问题的核心，为读者提供思想碰撞与沟通体验。

　　闵良，生于1974年12月2日，四川隆昌人，毕业于兰州大学中文系。2001年开始创作，曾出版长篇小说《生死百年》，作为《新消息报》评论版资深编辑，他一直坚持时评写作。2001年，闵良创办了《新消息报·百姓杂言》杂文版，2006年设置《新报时评》栏目，针对《新消息报》刊发的宁夏新闻发表评论，开启了宁夏的时评创作。2011年后，《新报时评》成为一个专版，2013年版名改为《观点》，依然是宁夏唯一的时评专版。时评类杂文大量关于民主、自由、平等、人权、法治等理论和思想，辅以理性笔法，通过大众传媒传播开来，这大约也正是闵良等从事此类创作的知识分子的主观愿望，于是诞生了《生而自由》（收入《枕边小品》丛书），该书收录了闵良的百余篇时评杂文和沈海涛的一百幅紧扣新闻事件的时评漫画，图文并茂，相得益彰。

　　此外，包作军的《杯中窥人》、王学江《路

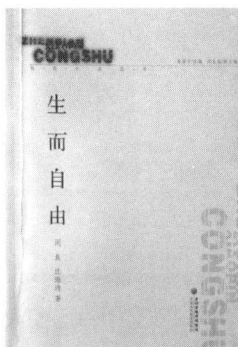

边的刺玫》、徐向红的《走马看黄花》、胡荣强的《灯下漫笔》以及岳昌鸿《尘埃中触动的芬芳》中"悟沧桑水"一辑、郭可峻《行走的声音》中"千愚之得"一辑等作品都是宁夏杂文这方热土上不可缺少的一笔。2008年，宁夏杂文学会选编出版了《思想的地桩——宁夏杂文新人作品选》，文集收录了马江驰、马自军、王佐红、孙海强、查文瑾、蔡炜等40多位作者的上百篇创作。所谓"新人"，有的是年龄小、从事写作时间短、发表作品少，有些是年纪不轻或写作时间也不短但写杂文却刚起步，还有的是从事写作多年但成绩较小影响有限，编者从培养和激励的角度，收录他们的文章，以鼓舞更多的作者关注社会，关注人生，关注杂文，积极创作，用思想证明自己的存在。不可否认，宁夏的杂文创作水平良莠不齐，牛撇捺曾不无理性地说道："宁夏杂文的创作水平还不尽如人意，许多杂文作者还停留在对世相的简单评述或抒愤阶段，这类作品大多是感事急就的东西，来不及冷却和推敲，尤其是在文学性、艺术性和理论性方面有所欠缺。然而只要开口说话和自由表达，就说明我们的良知尚在，责任尚在。我们相信，只要假以时日，他们都会渐渐成熟。"[1] "……有相当一部分作品还存在诸多不足。比如，创作手法单一，作品思想深度不够，有的文字功底尚待提高，但是，对于'新人'，我们不可以苛求。正如在一个百鸟争

1 宁夏杂文学会编：《美丽的谎言也是谎言》，宁夏人民出版社，2007年2月，第3页。

鸣的林子里，我们何必苛求每个鸟儿的叫声都必须婉转呢。也许各种声音的嘈杂更能证明我们这个时代的自由和多元。"[1] 2013年，宁夏杂文学会又编选出版了《思志——宁夏杂文20年作品撷拾》，文集分A、B卷分别收录了宁夏杂文学会同人1992年到2005年和2006年到2014年的部分杂文精品，从为宁夏杂文事业做出奠基工作的第一任会长吴宣文到宁夏杂文学会创业初期的骨干力量如牛撇捺、暮远、邢魁学、王涂鸦、杜再良、朱世忠、季栋梁等，再到青年一代的闵生裕、岳昌鸿、保建国、张不狂、张贺等的作品都有选登，这也是对宁夏杂文近20年来创作的总结和检阅。

[1] 宁夏杂文学会编：《思想的地桩》，宁夏人民出版社，2008年7月，第2页。

## 第二节　女有所思：女性杂文作者的探索尝试

宁夏杂文的兴盛，离不开女性作家的参与，虽然杂文这一文体要求作家必须做到理性思考、深刻辨析、尖锐批判等，而这些却通常是女作家较为薄弱的环节。"五四"以来，杂文写得好的，远有张爱玲，近有龙应台，女性在杂文军团中依然属于少数派，这与两性在思维观念和思考方式上的差别有关。尽管如此，宁夏女作家并没有缺席，近些年宁夏杂文的良好态势催生了一批本土女性杂文作者，她们作为时代的言论表达者，不再犹抱琵琶半遮面，而是率性地进入公众视野。女性杂文善于从寻常生活的叙事中表达女性独特的心灵感受和思想情感。

谢薇，1968年出生于中卫，1991年毕业于宁夏大学新闻系，曾在中卫人民广播电台、宁夏广播电视报担任记者、编辑，《华兴时报》副总编。曾多次获得全国党报一等奖、宁夏新闻奖、全国政协新闻奖等多个奖项。在采写新闻同时，开设个人评论栏目《小谢评论》《交流》等，成为报社的品牌栏目。2008年将专栏文章结集为杂文集《裙边八卦》。《裙边八卦》是《二十一世纪宁夏杂文丛书》10册中唯一一本女性杂文集。

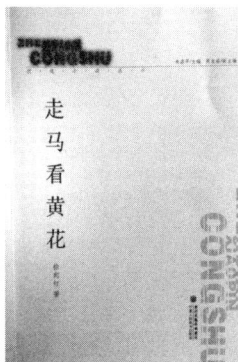

徐向红，出生于1968年，宁夏大学中文系本科、宁夏党校经济学研究生学历，副编审。《宁夏党校报》常务副主编。宁夏作家协会会员、宁夏杂文学会秘书长，作品发表于《朔方》《宁夏日报》《银川晚报》《新消息报》等刊物报纸。徐向红20世纪90年代开始写作，2006年开始创作杂文，先后参加并组织了2009年在宁夏举办的全国杂文学会年会会议、与《杂文选刊》主编刘成信等人座谈会、宁夏杂文朗诵会、杂文家闵生裕杂文作品座谈会、《2013：宁夏杂文十人集》新书座谈会等。多篇杂文被2009年宁夏杂文学会主编的宁夏杂文集《思想的地桩》、宁夏女性杂文作家集《女或有所思》、2011年全国杂文年会杂文集《西北望》、2014年出版的《2013：宁夏杂文十人集》等收录。散文《再见落叶》入选

《中国当代微型文学作品选》。出版经济学专著《玉米和谷物的光芒》、杂文随笔集《走马看黄花》、小说《北纬38度之恋》等。2017年合作出版宁夏境内历史城堡研究著作《城堡背后的秘密》。其中《走马看黄花》是其杂文代表作。

方圆，1977年出生，宁夏银川人，毕业于中国人民大学法学院，现供职于宁夏新闻出版局。热爱城镇生活，以为美食、阅读、旅行等既是消遣也是生活方式，业余随性写作，著有《一心不乱》（宁夏人民出版社，2009年8月）。

张廷珍，曾供职华夏能源报社，现为宁煤集团文联常务副秘书长，出版诗集《倾听》，杂文随笔集《野史的味道》，2008年由宁夏人民出版社出版，另创作杂文评论若干。作者熟读史书，犀利点评时事，《野史的味道》分为六大部分："野史的味道""文学的温度""别人的表情""疼痛的文字""今夜只有戈壁""老资的眼神"等。

需要特别提到的是宁夏杂文学会于2010年出版的《女或有所思——宁夏女性杂文作品集》，文集堪称中国杂文界翘楚，是宁夏第一本女性杂文集。该书收录谢薇、方圆、张廷珍、罗蕾莱、李雅芬、曹海英、莲子、党艳红、月理朵等30位女作者的90篇作品，这些作者有编辑记者、有专栏作家、也有工人、医生、公务员、教师等，兼顾了各个层面的女作者，她们以女性的视角观察

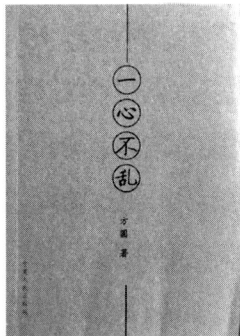

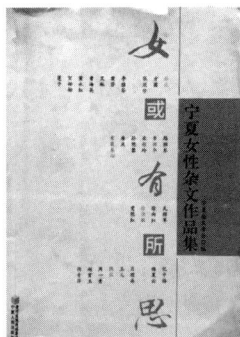

社会，感悟人生，思考问题，有杂文随笔，有时政评论，有娱乐评论，更多的作者写的是人生杂感和闲情随笔。女性如此单纯地面对这个世界，客观来说，出于诸多个体思维观念和社会历史成因，女性不是杂文创作的主流，但随着杂文文体的泛化，全国操持杂文知名的女作家在不断增多，而宁夏独特的杂文环境和日益发达的各类媒体又催生了一批本土女性杂文作者。女作家们纷纷从20世纪90年代女性写作的过度抗争转向冷静的思考，即使众声喧哗，女性的声音也不该被淹没，《女或有所思》则不畏青涩稚嫩传递了宁夏女性作家的声音。"或有所思"，有质疑询问，有主观期待，也有等待时间、读者和市场检验的试探，然而都是杂文学会作为编选者对女性的尊重、对女性的呵护以及善意的期待。

确切说，杂文学会近年编选的文集和丛书大多没有执行严格的杂文标准，杂文的概念已在特殊的社会时代变得很宽泛，新时代杂文也显示了空前的兼容性，呈现出包罗万象、不拘一格的特色，但是宁夏杂文学会编选这类丛书和文集是一种积极的探索和尝试，年轻作家和女性作者的参与，无疑是新生代源源不断的力量，为宁夏杂文界增添了新鲜的活力和亮丽的风景。这些文集著作虽做不到字字珠玑，篇篇精品，但却是宁夏创作队伍在性别层面和年龄层面的延伸，是宁夏杂文有益的补充，甚或一定程度上填补了中国杂文的某些空白，这也可以充分维持杂文生态的可持续发展，拓展宁夏杂文的生存空间。

在时代的旷野上他们的声音再洪亮也可能会被空无淹没，他们的思考与处境也可能会长期处于边缘地段，但个体持续不断不屈不挠的劝谏忠言必将渗透到国民灵魂的深处，而且首先渗透在杂文家自己的灵魂之中。

——结　语

# 结　语　旷野上的呐喊

20世纪80年代以来，我们处在一个杂文相对兴盛的时代，这个时代矛盾众多、尖锐，而社会又能一定程度地容忍批评。思想解放的广度逐步开阔，深度逐步延伸，思想的表达由涓涓细流，势成江海，网络的发达与普及使文学创作势如破竹不可遏制。崭新的时代背景让人们更加善于思考乐于表达，这样的思考与表达很多通过杂文随笔的形式，谈古论今，批判现实，简捷直率，坦荡平实，直抒胸臆。作为批判社会现实、启蒙教化民众的重要文体，杂文始终没有放弃对现实性的追求，宁夏的杂文作家也同样紧切时代脉搏，观照现实人生，"庾信文章老更成"，牛撒捺、王庆同、暮远、马河、王涂鸦等作家以持续的创作发挥他们一贯的视野宏远、思想深刻、运笔从容自若的写作特色，在大多数人司空见惯的日常事件中挖掘着文化思维的深度和建言献策的现实可能性。邢魁学、荆竹、牛愚等老作家也老当益壮，笔力不减。"江山代有才人出"，新生代的作家也在杂文学会的倡导组织下逐步登上历史的舞台，闵生裕、陈志扬为代表的青年一代作家创作捷足先登，出手迅猛，谢薇、方圆、徐向红等女作家们也在各自的思考路径和杂文写作上不让须眉。同时，宁夏的杂文批评和研究也开始起步，渐成气候。这些杂文作者和研究者们怀着对社会现实深情的关注和对民族未来命运的憧憬，以明朗高亢、鲜明豁亮的声音，进行尖锐的社会政治批判和温厚的世态嘲讽，结合具体的社会现实，注重人生体验的感情投射，体现了鲜明的文化批判倾向性和成熟的讽刺艺术手法。

文艺评论界普遍认为当代中国杂文三极鼎立：以《杂文报》《杂文月刊》为平台的河北作家群和以《杂文选刊》为平台的吉林作家群是两极，以宁夏杂文学会为核心的宁夏杂文为第三极，宁夏杂文家和众多热爱杂文的读者共同形成宁夏杂文的兴盛和良性的杂文生态。在21世纪后，宁夏杂文界致力于推动培养本土杂文创作队伍的生态环境，延续20世纪90年代杂文创作的良好态势，呈现出活跃而强劲的创作局面。本书截稿之时，《杂文报》已停刊，《杂文选刊》在瘦身，宁夏杂文创作也渐趋平缓。杂文创作是《朝着空气射击》，是《一个人的批判》《一根稻草的力量》，或者只是《蒙眼摸象》《裙边八卦》，还是《中国文人的另类思路》可以真正见证《文明的成长》？从个体声音到群体呐喊，宁夏的杂文家们出于良知和对社会的热爱，切中时弊，疗救痼疾，没有回声也要坚持呐喊，坚持发出振聋发聩的个体音符。在时代的旷野上他们的声音再洪亮可能也会被空无淹没，他们的思考与处境也可能长期处于边缘地段，但个体持续不断不屈不挠的劝谏忠言必将春风化雨，润物无声，渗透到国民灵魂的深处，而且首先是渗透在杂文家自己的灵魂之中。作家拥有更多把握真实的可能，思想批判和道德传承的主观愿望和杂文现实功能的薄弱甚或缺席使他们不可避免地一再陷入悖论位置，即使如此，他们也从未真正放弃。思想者寂寞坚守，跋涉者孤独前行，批判者无奈隐忍，宁夏杂文家们在远离鲜花掌声和聚光灯的旷野上悲壮而怡然自得地行走，他们留下的杂文作品是前进路途上深深的足迹，或深切沉郁辞约意丰或吟讽时事信手拈来，辞达而理举，尖锐而顿挫。

从现代杂文的启蒙色彩和人文精神来说，时代的文化建设最主要的是对传统文化的传承和对现实人文精神的培育，在现实批判和自我反省之间，寻求人性的良善和社会的道义，而杂文的意义恰在这样的双重追求中显现。从20世纪80年代末90年代初至今即宁夏杂文学会成立以来的近30年，是宁夏杂文长足发展的30年，也是宁夏杂文生态最为良好的30年。这30年，有过发轫期的步履维艰，有过行进途中的低迷委顿，但正是有牛撇捺、暮远、邢魁学、马河、牛愚、巴图、王涂鸦、闵生裕等杂文作家不懈的坚持，才让宁夏有了自己的声音，才让宁夏杂文成为中国改革进程中铿锵有力的呐喊。正如鄢烈山所期待的那样：理想的中国应该是民主政治、市场经济、公民社会、思想自由，宁夏的杂文家们也是在用他们的纸笔积极践行着中国的民主进程，他们的批判和反思是一个知识分子群体用良知、激情与禁锢、愚昧对垒，并借此完成一个有知性的灵魂在面对世俗纷繁时的自我救赎。他们在现实功利和个体性情的颉颃相争之间寻找出暂时的平衡，站在针尖上跳舞也好，向空气射击也罢，流露着的都是看似无奈中的真挚坚守和理性批判的杂文精神。他们深知缺少公民话语权的专制集权和喑哑沉默可能迎来战争的凯旋或社会歌舞升平的虚假狂欢，可能成就个人在漫长历史中转瞬即逝的所谓伟大，但无益于政权的公正理性，更无益于一个民族的持久繁荣，因为没有文化可以在愚昧无知中灿烂，没有民族可以在萎靡不振中复兴，没有国家可以在强权专制中崛起。一滴水即使不知洪流的方向，但一滴水可以反射太阳的光芒，也正是这一滴滴折射着理性光辉的水滴终将会聚成历史文明汹涌澎湃的长河。

# 主要参考文献

1.《胡适文集》（全12册），北京大学出版社，1998年11月。

2.《鲁迅全集》（全十八卷），人民文学出版社，2005年11月。

3.《周作人文类编》（全十册），湖南文艺出版社，1998年9月。

4. 约翰·德林瓦特主编：《世界文学史》（上下卷），北京大学出版社，2011年1月。

5. 费正清编：《剑桥中华民国史》（1912—1949）（上下卷），中国社会科学出版社，1994年1月。

6. 胡小林、袁伯诚著：《中国学习思想史》，北京大学出版社，2004年1月。

7. 罗根泽著：《中国文学批评史》，中华书局，1961年12月。

8. 郭绍虞著：《中国文学批评史》，上海古籍出版社，1979年12月。

9. 霍松林主编：《古代文论名篇详注》，上海古籍出版社，1986年8月。

10. 伍蠡甫主编：《西方文论选》（上下卷）上海译文出版社，1979年6月。

11. 人民文学出版社编辑部选编：《中华文学评论百年精华》，人民文学出版社，2002年4月。

12. 程正民、曹卫东主编：《二十世纪外国文论经典》，北京师范大学出版社，2004年1月。

13. 童庆炳主编：《二十世纪中国文论经典》，北京师范大学出版社，2004年1月。

14. 成复旺著：《中国文学理论史简编》，中国人民大学出版社，2004年1月。

15. 许道明著：《中国现代文学批评史新编》，复旦大学出版社，2002年11月。

16. 朱刚编著：《二十世纪西方文论》，北京大学出版社，2006年8月。

17. 郭预衡主编：《中国古代文学史》，上海古籍出版社，1998年7月。

18. 钱理群、温儒敏、吴福辉著：《中国现代文学三十年》，1998年7月。

19. 朱栋霖、朱晓进、吴义勤主编：《中国现代文学史》（1917—2013），高等教育出版社，2014年10月。

20. 洪子诚著：《中国当代文学史》，北京大学出版社，1999年8月。

21. 陈思和主编：《中国当代文学史教程》，复旦大学出版社，1999年9月。

22. 曹万生主编：《中国现代汉语文学史》中国人民大学出版社，2007年9月。

23. 谢冕主编：《百年中国文学总系》，山东教育出版社，1998年5月。

24. 陈育宁主编：《宁夏通史》，宁夏人民出版社，2008年8月。

25. 朱光潜著：《文艺心理学》，安徽教育出版社，2006年8月。

26. 毛信德著：《20世纪世界文学：回眸与沉思》，百花洲文艺出版社，1998年1月。

27. 许纪霖编：《20世纪中国知识分子史论》，新星出版社，2005年4月。

28. 关爱和著：《中国近代文学论集》，中华书局，2006年5月。

29. 王瑶主编：《中国文学研究现代化进程》，北京大学出版社，1998年2月。

30. 陈平原主编：《中国文学研究现代化进程二编》，北京大学出版社，2002年4月。

31. 栾梅健著：《二十世纪文学发生论》，广西师范大学出版社，2006年8月。

32. 洪子诚编选：《冷漠的证词》，社会科学文献出版社，2000年6月。

33. 李静编选：《2004中国随笔年选》，花城出版社，2005年1月。

34. 刘小枫著：《沉重的肉身——现代性伦理的叙事纬语》，上海人民出版社，1999年1月。

35. 顾准著：《顾准文集》，中国市场出版社，2007年4月。

36. 张中晓著：《无梦楼全集》，武汉出版社，2006年1月。

37. 龙应台著：《野火集》，文汇出版社，2007年9月。

38. 狄马著：《一头自由主义的鹿》，中信出版集团，2014年1月。

39. 钱理群著：《我的精神自传》，广西师范大学出版社，2007年12月。

40. 李泽厚著：《美的历程》，生活·读书·新知三联书店，2014年3月。

41. 刘再复著：《审美笔记》，生活·读书·新知三联书店，2014年8月。

42. 余英时著：《中国情怀》，北京大学出版社，2012年4月。

43. 岳南著：《南渡北归》（三册），湖南文艺出版社，2015年9月。

44. 翟学伟著：《中国人行动的逻辑》，生活·读书·新知三联书店，2017年10月。

45. 孙隆基著：《中国文化的深层结构》，中信出版集团，2015年11月。

46. 孙隆基著：《历史学家的经线》，中信出版集团，2015年11月。

47. 殷海光著：《中国文化的展望》，中华书局，2016年1月。

48. ［丹］勃兰兑斯著：《十九世纪文学主流》（六册），人民文学出版社，1997年10月。

49. ［美］勒内·韦勒克、奥斯汀·沃伦著：《文学理论》，江苏教育出版社，2005年8月。

50. ［英］阿诺德·汤因比著：《历史研究》，上海人民出版社，2010年1月。

51. ［英］约翰·阿克顿著：《自由史论》，译林出版社，2012年6月。

52. ［英］弗吉尼亚·伍尔夫著：《一间自己的屋子》，上海人民出版社，2008年1月。

53. ［法］托克维尔著：《旧制度与大革命》，商务印书馆，2013年2月。

54. ［葡］若泽·萨拉马戈著：《谎言的时代——萨拉马戈杂文集》，中信出版社，
    2014年1月。

55. ［加］简·雅各布斯著：《集体失忆的黑暗年代》，中信出版集团，2014年1月。

56. ［英］弗里德里希·奥古斯特·冯·哈耶克著：《哈耶克作品集》（全三册），中
    国社会科学出版社，2015年8月。

57. ［法］古斯塔夫·勒庞著：《乌合之众：大众心理研究》，广西师范大学出版社，
    2016年12月。

58. ［英］丹尼尔·汉南著：《自由的基因：我们现代世界的由来》，广西师范大学出
    版社，2015年9月。

59. ［美］戴维·里夫编：《心为身役：苏珊·桑塔格日记与笔记》，上海译文出版
    社，2015年1月。

60. ［美］德隆·阿西莫格鲁、詹姆斯·A.·罗宾逊著：《国家为什么会失败》，湖
    南科学技术出版社，2016年3月。

61. ［美］凯文·拉兰德著：《未完成的进化》，中信出版集团，2018年1月。

# 跋

想来接触杂文应该从学习中国现当代文学专业时阅读鲁迅开始。2007年，宁夏大学人文学院开设了"中国杂文"的研究生课程，我做的课程论文是《思想者永不寂寞——顾准述评》。2009年进入出版社后，参与编辑的第一套书就是宁夏杂文学会的《第三极：二十一世纪宁夏杂文丛书》，随后几年陆续责编出版了《枕边小品》丛书、《湖畔随笔》丛书、《牛撇捺文集》以及单本的杂文随笔集《西北望》《2013：宁夏杂文十人集》《思志——宁夏杂文20年撷拾》《倒提笤板》《半睡半醒》《蒙眼摸象》《找不到北》等。这些图书是十年出版生涯中我非常看重的一部分。

出版过这几十本书，又陆续为这些书写了书评或对部分作家进行过专门研究，也算是充分占有了研究资料。2015年在《宁夏大学学报》发表了《现实批判的文人情怀与文化生态的良性建构——20年来宁夏杂文综论》一文，将宁夏杂文20年来的重要事件、重要作家、主要成就进行了梳理，在这篇文章的基础上，意欲更全面、较深入地展现宁夏杂文20世纪80年代以来30多年的创作风貌，为宁夏文学史在该领域的研究空白提供基本素材，为宁夏杂文随笔在中国杂文界获得一席之地发出应有的声音提供一定的补充，同时也对自己十年的重要出版成果进行总结和反思——本着这些简单的愿望展开了《雁鸣九皋》的撰写。

本书对杂文的界定较为宽泛，这与不想拘泥于文体局限的研究初衷有关。具体到作家研究也以杂文为主，附带研评其散文随笔等，从而全面反映该作家的创作状况。毕竟大多时候作家写作起初不一定会预先设定其创作文体，有时是有感而发，各文体兼而有之。这虽有研究对象不严谨之嫌，但更能充分反映一个作家真实的创作状况和一个地区的创作面貌。作家群体的研究通常无法严格断代，故章节排序基本按创作时间先后和老中青作家的几代承递延续排列。也有个别作家久负文名，长于小说或诗歌，杂文随笔只是其部分创作，或者创作杂文时间晚一些，排序也就相对靠后。除了这些因素外，同时期作家以出生年月先后排序。

　　本书选择在宁夏有代表性或有一定社会影响的作家来评述，具体每一个章节或作家的写法或有差别。不同作家需要呈现不同的研究风格，有的重创作历程，有的重创作心理，有的重艺术特色，有的取其作品成就和社会影响。知人论世，摇曳多姿，避免千篇一律，纵然有形式上的不一致之虞。除了对作品的审美细读，读者可能注意到，有的作者基本创作情况非常详细，而有的则较为简略。笔者曾多方搜寻相关作家的资料，基本简历和创作历程比较详细的多为省内闻名或在全国都有影响力的作家，或者是在其他创作领域声名远扬而杂文随感不为所知、评论界也鲜有涉及的作家。笔者不避破坏全书体例统一之嫌尽可能完整保留，以期为宁夏文学史乃至中国文学史提供这些作家的背景资料或评论者的一得之见。管见所及，留待大方指正。

　　思维的星光哪怕微不足道，但也有可能是思想的火种，记录他们的思想行为是一名研究者的责任担当——思考者举足轻重，记录者亦不可或缺。虽不能做到绝对客观公正，但作为研究者我尽量恪守史学素养，不因研究对象的个人身份、成就地位以及与他们或亲或疏的关系而影响理性判断，倚赖对中国文学、宁夏文学的人文关照和对作家作品的直觉分析和完整评判完成了本书的撰写。在此，特别感谢王庆同、马春宝、慕远、马河、荆竹等老师在研究资料的收集方面给予的无私帮助。邓国诚兄不远千里寄来故宫博物院编《秋鸿》谱册，为本书提供了重要图片。书成之际，不觉岁寒日暖，春秋几度，笔者时刻将奉献与牺牲的价值观铭刻心中，十年为人嫁衣，不计一时得失，不计个人荣辱，支撑自己坚持至今的无疑是心中对师友的感念之情和文化使命感。

幼时常常独自穿过城市去黄河滩看大河日落，每每沉醉在那种不可言说的壮美里无以自拔，若是秋天就会看到南迁的鸟群，我在书封上努力再现了雁落长河的景致。我是那样熟悉雁阵的声音，雁阵的变化，它们在黄河滩栖息时我就在芦苇丛里痴痴观望，后来理解更多的是雁阵群体的秩序、团结、配合、信义和契约般的自然法则。我研究的这个相对松散的作家群体更像是雁阵的形态，我所勾勒的某个群像就是心目中理想的人生应该具有的形态。雁鸣九皋，声闻于野，我也想借这本书揄扬一种信义和勇气。这种信义和勇气使我们悲悯众生，直面困境，不屈服，不退缩，也鼓励我们坚持正确的信念，勇于做自己，用自己的胸襟、视野和毅力来决定人生，小至自我，中至家国，大至天下，构建良性循环的环境，自信地表达心中的爱和希望，永不言弃。

2017年12月初稿

2018年9月定稿